アフター・モダニティ

近代日本の思想と批評

先崎　彰容
浜崎　洋介

［叢書］新文明学2

New Philosophies of Japanese Civilization

北樹出版

刊行にあたって

ニヒリズムを超える思想の復権へ——新文明学の試み

今日ほど「思想」が力を失ってしまった時代はない。と同時に、今日ほど「思想の力」が必要とされている時代もない。

「思想」とは、時代を生きるための実践の指針であり、現実を見据えるための座標軸である。また「思想」に関わるとは、できるだけ物事を深く根源的に考えることであり、出来事を総合的に解釈すると同時に、その生の実践に身を浸すことである。そのような「思想」が今日見えなくなってしまっている。

「大きな物語」やイデオロギーの終焉が唱えられて以来、社会や人間についての言説は、一方で著しく専門化して権威主義的となり、他方では不必要に論争的で乱暴な物言いへと傾斜してゆく。それが「思想」を見失わせると同時に、実践の卑俗化と生の俗悪化を導いている。

現代ほどニヒリズムに浸食された時代はない。と同時に、現代ほどその克服が求められている時代もない。

ニヒリズムとは価値の崩壊であり、生の衰弱である。ゆえにニヒリズムとの戦いにおいては、「思想の復権」は不可欠である。そしてそのためには、われわれの生きているこの社会を、総合的に、価値的に、つまり「思想的」に把握する試みがなければならない。その試みをわれわれは「新文明学」と呼んでおきたい。

今日、西欧近代に始まる近代文明は、グローバリズム、技術主義、大衆民主主義などを伴って世界化している。この途方もない、そして次々に押し寄せてくる巨大なうねりのなかで、生を救いだし、精神の平衡を保つためには、この時代を力強く把握するための骨太な知的営みこそが求められるであろう。叢書「新文明学」は、そのための試行であり挑戦なのである。

平成二十五年八月

佐伯啓思　京都大学教授
藤井　聡　京都大学教授

はじめに

私たちは本書を「アフター・モダニティ」と名づけた。それは、T・S・エリオットの「After Strange Gods」（一九三三）にちなんでいる。現在この講演は「異神を追いて――近代異端入門の書」として邦訳されている。

ヒトラーの第三帝国が成立する一年前になされたこの講演のなかでエリオットは、自身の歩みをヨーロッパの歩みと重ね合わせながら次のように述べていた。「チャールズ・ランマンのもとで二年間サンスクリットを研究し、ジェイムズ・ウッズの指導でパタンジャリの形而上学の迷宮に一年間迷ったあげくは、ただそれがわけの分からないものだということが分かっただけであった」と。ヨーロッパがヨーロッパ自身に自己嫌悪を覚えはじめた二十世紀、D・H・ロレンスやエズラ・パウンドがそうであったように、エリオットもまた非西欧世界への憧れのなかで文学の道を歩みはじめていた。が、その長い彷徨の末に思い知らされることになるのである。ヨーロッパの「伝統」の崩壊を「純粋に知的で個人的な努力で埋め合わせ」ることなどできはしないのだということを。あるいは、キリスト教世界の正統性の危機を「異神」への幻想によって回避することは不可能なのだということを。

本書も基本的に、このエリオットの自覚を共有している。私たちが足をおくこの大地がどんな

「荒地」でも、私たちが還る場所は私たち自身であるほかはない。私たちを支えているのは、今、私たちが立っているこの場所しかないのだ。その自覚だけを頼りに、本書は、この「近代日本」という場所を問おうと試みたのだった。

しかし、私たちが棹さす「伝統」は、エリオットの言う「伝統」とは違う。明治以降、日本人は「西欧近代」という「異神」を追った。しかも、それは、外圧から身を守るために「追わなければならない」ものであった。が、どんなに「近代」を追おうと、それが「異神」であることには違いない。そのとき、私たちは次のような認識を強いられる。すなわち、己の独立を守るためには「近代」を追わねばならず、しかし、その「近代」を追う姿勢のうちに私たちは、己の故郷（＝掛け替えのなさ）を見失わざるをえなかったのだと。なるほど、この二重性はエリオットが知らなかったものかも知れない。しかし、むしろ、この引き裂かれた感情にこそ、今なお私たちが強いられている「近代日本」固有の手触りが蘇るのではないか。そして、この手触りだけが、私たちの生の基本的条件なのではないか。これが、この度、私と先崎氏とが共有した前提だった。

ただし、読んで頂ければ分かるように、それは二人の個性や、対象への接近方法が同じであるということを意味しない。先崎氏は明治という烈しい時代を生きた中江兆民・北村透谷・石川啄木に対して「ロマン主義」という補助線を引きながら、その生きた姿を描き出そうとするだろう。一方、私は昭和という騒然とした時代に登場した小林秀雄に対して、むしろ近代の「ロマン主義」から人はどのように癒えることができるのかという問いを差し向けている。その意味で本書は、「近代／日本」という引き裂かれた現象の表と裏とを同時に描いていると言えるかもしれない。第Ⅰ部においては、この国が被った「外来思想と自らの生理的呼吸との葛藤、軋轢、乱れ」（先崎）をその切実さのなかに描き出し、第Ⅱ部においては、その「混乱」のなかで、なお「私を超えて私に到来しているもの」（浜崎）の手応えが追究されることになる。

とはいえ、本書がまず何よりも目指したのは、石川啄木や小林秀雄の言葉を、その当時の息遣いを殺さずに描き出すことだった。もし、彼らの言葉にリアリティを感じ取ることができるのだとすれば、そのこと自体が、私たちの宿命の在り処を示し出してはいないか。その言葉がどんなに分裂と混乱を生きていようと、その分裂と混乱のリアリティにおいて、私たちは私たちの「自然」を享受していると言えはしないだろうか。

そのリアリティを拾い続けること、おそらく、それだけが「文学」にできることなのだ。むろん、それは無力である。が、その無力の自覚においてのみ、有力によって覆われたこの世界に抵抗することもまたできるのだということを明記しておきたい。少なくとも私はそれを信じている。

最後になったが、本書の第三の著者とも言うべき北樹出版の花田太平氏に心からお礼を言いたい。先崎氏と私とを見出し、二人を引き合わせ、企画の初めから終わりまで、まるで自分の本であるかのように感想と批判を送り続けてくれた人、それが花田氏だった。言うまでもないが、彼の存在がなければ本書は存在していない。

浜崎洋介

凡例

一、以下中江兆民、北村透谷、石川啄木、小林秀雄の引用はそれぞれ『中江兆民全集』（岩波書店、全一七巻、別巻一）、『北村透谷全集』（岩波書店、全三巻）、『石川啄木全集』（筑摩書房、全八巻）、『小林秀雄全作品』（新潮社、全二八巻、別巻四巻）からのものとする。引用文末に論文タイトルにつづけて巻数と頁数（必要に応じて初出年月）を記した。たとえば、（「性急な思想」4巻二四〇）とある場合、『石川啄木全集』第四巻の二四〇頁からの引用であるとする。

一、その他の引用については、原則として書名／論文名と頁数（必要に応じて初出年月）を示し、巻末の参考文献で対照できるものとした。たとえば、（シュミット『政治的ロマン主義』一五四）とある場合、カール・シュミット『政治的ロマン主義』みすず書房、二〇一二年、一五四頁から引用したものとする。

一、引用の省略箇所は原則［…］で示した。また、引用文内の［ ］は著者による補足である。

一、引用資料は旧漢字を適宜、現代使用されている漢字に改めてある。とくに、中江兆民に関しては、全集版のカタカナ表記を原則、ひらがな表記に変更した。

目次

第I部

矛盾《ジレンマ》時代への処方箋
――現代社会、ロマン主義、明治日本

先崎彰容

現代社会を読み解くためのキーワードは、「矛盾《ジレンマ》」である――第I部では、ロマン主義を伴走者に、明治日本の空間を駆けぬけてみたいと思う。ロマン主義の基本概念をものさしに、明治の思想家の声を拾ってみる。すると、現代社会が過剰な政治性と、一方で自閉性に引き裂かれた「矛盾《ジレンマ》」の時代だとわかるだろう。一世紀以上前の彼らの言葉は、私たちの時代を診る医者からの声なのだ。

第1章

近代日本という迷宮へ

人は、過渡期を生きねばならない場合がある。

混乱した世のなかに身を置いていることに気がつく。世界を、この国の未来をどう理解したらいいかわからない。そこで生きる自分自身が、どんな人間なのかもよくわからない。時代像を模索しようと強く思うとき、僕らは亀裂の入った大地に足を置いている。

優れた人物は、このとき二つの態度をとるはずだ。第一に、過去をふりかえり、その記憶のなかから、時代を正確に理解するための糧を求めようとする。切実な過去との対話、これが第一にとる態度である。

次には、根本的なことから、もう一度考えなおそうとし始める。時代が混乱し、事件や事故が起これば起こるほど、「正義とは何か」とか「善はこの世に存在するのか」などの、もっとも抽象的な問いと向き合うようになる。

具体例をあげよう。たとえば、太平と爛熟をきわめた徳川体制が内外の事件に揺さぶられ、亀裂が入り始めた一八二五年、水戸藩きっての儒学者・会澤正志斎は『新論』を書く。その冒頭は、「国体」とは何かを問うことから始まる。「国体」という言葉のもつ複雑な陰影はしばらく置く。国際情勢に対する優れた洞察を含むこの書物は、にもかかわらず、冒頭を「国家のかたち」を問いなおす原理論から始めざるを得なかった。

また明治維新の激流を経験し、無秩序からどのように秩序を再構築するかに思いをめぐらす思想家が生まれた。

たとえば、中江兆民は最大限の賛辞をもってルソーの『社会契約論』を訳した。訳文は驚くべきことに、フランス留学から帰国後、学びなおした漢文で書かれていた。その冒頭もまた「政、果して正しきを得べからざるか。義と利、果して合するを得べからざるか」という問いかけから始まる。兆民を激しくとらえたのは、ルソーのこの自問――人間にとって正しい政治は可能か、正義と私利は一致しうるのか――であった。要するに、政治に「正しい政治」などあるのか、という高度に洗練された問いへと兆民は向かった。

もちろん、会澤の前には徳川の終焉が、兆民の前には明治藩閥政府が、ルソーの前にはルイ十五世治下という、それぞれの「現実」があった。けれども、彼らは眼の前の現実から、正義はあるのか、政治とは何か、あるいは国家とは何かといった問いに取りつかれ、そして沈潜していく。

本当にだれもが納得し、受け止められる正義や善悪の基準など、あるのだろうか。これまで私たちは何回も、正義という名のついた独善、「自分の主張する理念だけは、正しい。だからあなたも従うべきだ」という盲信に悩まされてきたではないか。イデオロギーの衝突が、私たちを苦しめてきたではないか。では反対に、すべての正義をウソだと冷笑していれば、いいのか？

それは逆に人びとを不安に突き落とし、安易な盲信へとふたたび惹きつける。わかりやすい「情報」に流されてはいけない。耳に心地のよい世界像＝善悪に飛びつき、現実を色分けしてはいけない。そのためには古典を参照し、現実を知る糧にしよう、彼らはそう考えたのだ。

そしてこうしたケースを、筆者は冒頭で「人は、過渡期を生きねばならない」と言ったのだ。だからいかに奇妙に聞こえても、会澤正志斎と兆民、さらにはルソーさえもが、同じ精神の構えで時代に処し、問いを発していた。

彼らはみな過去を参照し、流されやすい現実を見ようとしたのだ。

今、私たちの前には「近代日本」という迷宮がある。日々生きにくさを、この社会に住みにくさを感じるとき、私たちはすでに、この迷宮に住みついている。だからもっとも大きな枠組みで言えば、「近代とは何か」、私たちの生きる「近代日本とは、どんな社会なのか」、「近代を生きる私たちは、いったいどんな精神構造なのか」――これが問いの中心＝現実の直視である。この問いを抱きしめながら、会澤が儒学から国家のかたちを、兆民がルソーから政治と正義を考えたように、私たちも問題をさらに限定してみよう。「近代日本」という言葉から、もう一歩踏み込んで課題を明らかにしてみたいのだ。

今、切実かつ原理的な「問い」とは何か。

筆者は「ロマン主義」が、迷宮脱出の導きの糸になると考える。第Ⅰ部の主張を明確にするために、ロマン主義は、よい補助線となると思うのだ。

1 「ゆたかさ」の帰結

では、ロマン主義とは何だろうか。

ロマン主義という思想自体は、ドイツロマン派やフランスロマン主義など、西洋思想史において生じた「反理性主義」と個性重視の思想であり、研究課題としては分厚い蓄積をもつ。[1] 西欧ロマン主義は、すでに一定の見取り図ができあがっていて、解決済みの問題であるように思える。

だがそう考えるのは誤りだ。ロマン主義は現代社会を生のまま取りだし、理解するための最良の補助線のひとつであり、今こそ見なおされるべき思想なのである。

具体例から入っていこう。たとえば二十世紀終盤、わが国思想界を支配したポストモダン思想が、十九世紀ロマン主義の投げかけた深刻な問いに似ている――さらにラジカルになったとは言え――と指摘されたことがあった。[2] 無秩序と相対主義、そして移動（ノマド）を肯定したポストモダン思想と、ロマン主義は似ているというわけである。

これはきわめて重要な指摘であった。モダン＝近代を批判する思想をポストモダンという。西洋で、おもに建築をめぐる議論から始まったこの思想がうけ入れられたのはなぜか。それは戦後日本が、経済的な成功をおさめたからであった。ゆたかさのなかで、国家の存在は希薄になっていった。それは国家に対抗するはずのマルクス主義の「階級」意識、あるいは「生産様式」批判の魅力も同時に奪うことだった。つまりこれは、思想の左右を問わず「所属」への関心がなくなったことを意味したのである。

なぜこれが重要なのか。なぜなら「人間とは何か」という問いにかかわるからだ。人間とは何か

――階級でもない、物を生産するためでもない、もちろん国家に属するのでもない――戦後の日本人は、こう答えたのである。かわりに人間の人間たるゆえん、それは「ゆたかさ」だと言った。アイデンティティ＝自分らしさを、商品交換＝消費を尺度に評価する、そう言ったのである。

これは徹底的な「公の解体と個人の砂粒化」を是とする時代だったと言ってよい。「砂粒化」とはどういう意味か。それはあらゆる興味関心が流動し、変化してやまない個人的趣味＝消費に還元されてしまうことをイメージした言葉である。バラバラの趣味に引きこもる個人の群れ＝「砂粒化」（宇野重規）状況が出現した。[3] この相対主義が、ポストモダン思想の特徴だったのである。

筆者はここで、お定まりの相対主義批判をしようと思わない。

問題関心は以下のようにつづく。この状況は一変する。一九九〇年代以降の慢性不況と、成長社会から成熟社会への転換、さらには大震災を経験した日本国内は、今度はきびすを返して「つながり」を主張し始めた。所属集団を失っていたことが、可視化＝誰の眼にも見えるようになったからだ。バラバラであること＝自由は不安の別名となり、今度はつながりを絶叫することになったわけだ。

つながり方は、各人の抱く思想傾向によってさまざまだ。国家の再生を叫ぶ議論もあれば、どうしても国家の再登場をうけ入れられず、NPOや協同組合などの中間団体の復活を説くものも多いだろう。さらには、デモクラシーという古典的概念の再生をめざす議論、それを待ちきれずデモに過剰な期待感をいだく議論も浮上してきている。国家再生からデモにいたるまで、方法こそ違え、つながり方を求めて、今、この国の議論は沸騰している。

不安と煩悶、イラつき鬱屈する時代だと、おおきな身振りで語る人がいる一方、どこかに忠誠対象を、と呼びかける人もでてくる。政治制度や政治運動、さらには経済政策の議論は、すべてあらたなつながり方の方法をめぐり、その声を高めている。

こうして、かつてのポストモダンはすっかり「終わった思想」だと見なされた。戦後思想史をふり返れば、三十年周期で状況は変化している。近代主義からポストモダンへ、そして「その次」の思想――政治へ！つながりへ！という雰囲気――に変化しつづけているのだ。

以上の時代状況への違和感が、本書の出発点である。

政治的な発言がつよまるとき、ロマン主義的な気分は終わるどころか、これからやって来る心情になると思うからだ。いったい、どういうことか。

2　ロマン主義の特徴（一）――人間存在

ここで参照したいのは、ドイツロマン主義のたどった精神の軌跡と、政治体制である。ロマン主義の人間存在論とはどのようなものだったのか、またそれが政治体制に具体化したとき、どんな姿となってわれわれの前に現れるのか。「ロマン主義」という言葉をはじめて聞く人のためにも、ここで丁寧に説明しておこう。

第一に、ロマン主義が、古典主義への強烈な違和感から始まったことが重要だ。

たとえば美学で古典主義とは、万人に妥当する「普遍的な美学様式」が存在するという主張をさす――「美は唯一つしか存在しない。あたかも善が一つしかないように」（ヴィンケルマン）。一定の様式に美学を還元する画一主義・合理主義への批判、これがロマン主義の出発点となった。だとすれば、ロマン主義の第一の特徴が、個性の主張＝強烈な自己意識と、規則やルール、因果性の否定だったことはわかりやすい。

自らが生きている時代＝ブルジョア社会があたえる役割＝ペルソナになど、到底満足することなどできない。ゆたかさを第一と考える現代社会などくだらない、そう考えるロマン派にとって、たしかなものは「絶対的自我」だけに思えた。仕事上の肩書や、世間が騒ぎたてる社会的ステイタスのその奥にあるもの、それが絶対的自我であり、唯一信頼に足るもの、美しく真実であるように思えた。

ではなぜ、彼らはこういう思いにとらわれたのか。彼らの生きた時代をカール・シュミットという人物は、次のような時代だと指摘している。第一次世界大戦後のドイツ、つまりワイマール体制下のドイツにあって独自の法哲学を築きあげた人がシュミットである。後にヒトラーの理論的参謀にまで昇りつめたシュミットは、ハイデガーと並ぶ同時代ドイツ哲学の巨人だった。彼の時代診察は次のようなものだ。文中の「美的生産の主体」とは、ロマン的な人間のことである。

個人主義的に解体された社会においてのみ、美的生産の主体は精神的中心を自分自身のうちに置くことができる。個人を精神的なもののなかに隔離し、自分自身しか頼るものがないようにさせ、普通ならば一つの社会秩序のなかでヒエラルヒーに応じてさまざまの機能に分けられていた重荷を個人の肩にすべて担わせてしまう市民的な世界においてのみそれは可能なのだ。この社会においては私的な個人が自分自身の司祭になればいいのである。（『政治的ロマン主義』二五）

最終行の「私的な個人が自分自身の司祭になればいい」という言葉に注目すべきだ。

要するに、ロマン主義的な気分が登場した背景には、社会全体から人びとの「つながり」が奪われ、自分で自分自身を定義する＝意味づけをあたえねばならない時代状況があった。それをシュミットは、「自分自身の司祭」になる必要がある時代だ、こう言ったのである。もちろん司祭とは、世界全体の価値観を決定し、善悪の色分けをする人物、すなわち秩序の最終決定者に他ならない。

だがしかし、自分自身が安心の最終根拠であるとは、いかにも不安定ではないか。

世界秩序の最終決定者が、他ならぬ自分自身であることに、ふつう、人は不安を感じるはずである――「彼は自分自身の重心を持っておらず、具体的な経験や自己の責任に拘束されなかったから、或る考え方に心を動かされるとその考え方の論理を追って、その考え方の打出す主張の最も極端な形にまで簡単に行ってしまうのだった」（『政治的ロマン主義』一五四）。

難しくみえるシュミットの主張とは次のようなものだ。他人の主張する価値観に心動かされると、すぐさま絶対的なものだと思いこみ、信じ切ってしまう。それは自分自身の根拠＝判断基準があやふやだからだ、そうシュミットは考えた。それを経験とは呼ばないし、他人に依存ばかりしているから責任も問われない。シュミットは「重心」の不在という言葉で、そう言いたかった。彼は当時の人びとが感じた気分を以上のようにまとめ、それをロマン的不安と名づけた。

ところで、ロマン主義が敵意をむき出しにした古典主義時代には、後に「偉大」と呼ばれるにふさわしい作品が、安定性をもって描かれていた。『ヴェルヘルム・マイスターの修業時代』（ゲーテ）などがそれである。ゲーテばかりでない、後に見るように、神話＝太古の世界もまた調和に満ちた世界だと、ロマン主義者は考えた。神々と同じように、人間もまた活き活きと生活している。神と人は合一し円満な状態にある。

ところが、そもそも「重心」をもたず、不安にばかりとらわれがちなロマン主義の場合、偉大な作品などつくれなかった。時代全体を代表するようなスケールの作品や、人物が生まれる時代は過ぎ去ったからだ。

だから彼らの自己主張＝絶対的自我は、実は虚しかった。その場そのときに自分を刺激してくれるものに「熱狂」し、他者に翻弄され、心動かされる陶酔が自己主張にすり替わった。貧しい時代の人間――バイロン、ボードレール、ニーチェ――こそ、ロマン主義の正体を一番よく知る思想家たちである「浪曼主義とは何か？〔…〕生の貧化のゆえに苦悩する者であって、彼らは休息、静寂、静かな海、芸術と認識とによる自己からの救済、を求めるか、それともまた陶酔、痙攣、麻痺、錯乱を求めるかする。後者のこの二重の要求に応ずるのが、芸術と認識における浪曼主義の一切」なのだ（ニーチェ『悦ばしき知識』三七〇、四三三）。十九世紀末の病を一身に体現したニーチェのこの言葉は、四半世紀後のシュミットもまた共有する感覚だったのだ。

きっかけさえあれば、何でもよかった。自らの気分を昂揚させ、一時的刺激をあたえてくれるのをただただ「待つ」。いったん、思いつきが自らをとらえると、次の偶然が襲うまで心を奪われる。

ロマン主義者のこの態度は、強烈な自己主張＝古典主義の否定から始まったにもかかわらず、結局は受動的なもの、偶然の刺激への反応にすぎない、シュミットはそう考えた。ニーチェも指摘したロマン主義のこの特徴を、シュミットは「機会原因論」と名づけよう、そう思った――「ロマン主義は或る独特の概念によって最も明瞭に特徴づけられる。それはoccasioという概念である。これはたとえば機因、機会、おそらくまたは偶然といったような観念によって置き換えられ得る[…]この概念はcausaという概念の否定、すなわち思慮し得る因果性の強制の否定であり、なおまたあらゆる規範への拘束の否定なのだ」(シュミット『政治的ロマン主義』二〇)。

自らの安住できる地盤を失って翻弄される自我。現実社会から遁走した結果、何者でもない存在、いっさいの根拠の喪失＝「宙づり」に彼らは直面することになったわけだ。[4]

「諸君御自身が詩人であり、その詩作にあたって自分の仕事のための確乎たる支え、母なる大地、天空、活力みなぎる大気が欠けているのを折々に感じたことがあるにちがいない」という詩人シュレーゲルを深く冒した危機意識は、近代人の苦悩そのものではないか(シュレーゲル「文学についての会話」一七九六)。要するに、ロマン主義は、世界を解釈し判断する共通の基準＝「母なる大地」「神話」を手から滑り落とした存在者たちなのだ。戦いの過ぎ去った後の、荒涼とした風景に佇む兵士のような存在、帰るべき方向を見失った存在が私たちである。それぞれが自分自身の「司祭」でありながら、一方で何ごとも決定できない存在。決定者でありながら、その権利におびえた存在が溢れかえっている。

その最終的な帰結を見てみよう。たとえば政治思想史家の小野紀明は、ノヴァーリスとワグナーのなかに、次のような精神風景を見いだす。

ロマン主義の極致を音楽的に表現したワグナーの『トリスタンとイゾルデ』。

彼の作品に決定的な影響をあたえたのは、ノヴァーリスである。詩集『夜の讃歌』において、詩人は、豊穣な死のかおりに充たされた「夜の世界」を賛美している。分裂と空虚に充ちた現実から遁れるには、「永遠の世界」にゆかねばならぬ。ではそれは何処にあるのか？　夜の静寂に充たされたその場所は——なんと「死」の傍らにあるのだ（小野一九九九、一五九）。『夜の讃歌』は、「死への憧れ」という次のような作品で終わっている。

死への憧れ

暗い闇夜に包まれた昔日を
不安な憧れをこめてわれらは見やる、
限りあるこの世では
熱い渇きはけして鎮まることはない。
あの聖なる時を見るために、
われわれは故郷へ帰らねばならない。

われらの帰郷をなおも止めるものはなにか、
最愛の者たちは、とうに久しく安らっている。
その墓がわれらの生の歩みを閉じ、
いま、われらは悲しみと不安に沈む。
もはや求めるもののひとつとてなく、
心は倦み——世界はうつろだ。[5]

「不安な憧れ」を抱きしめて生きる私たちは、ついに癒されることはない。「生の歩みを閉じ」て死者のもとに寄り添い、甘美な眠りにつかないかぎりは。激しい現実嫌悪と、生きること自体への拒否感、疲労感がノヴァーリスを包みこんでいる。

以上からわかるのは、次のような二つの特徴である。

第一にロマン主義者は、その強烈な自己主張にもかかわらず、いっさいの自己決定を行わない(行えない)。たしかにつねに何かに熱中し、活動しているように見えるだろう。だがそれは見かけだけだ。実はそのとき偶然であう刺激に飛びついては熱狂し、自己を冒され、翻弄されつづけている。それを秩序や因果関係からの解放——個性や絶対的自我——だと勘違いし、不安を見ないようにしているのだ。

ところが一方で、彼らの気分は深い「死への憧れ」に浸されてもいる。分裂と空虚の不安を、今度は刺激ではなく、死の静寂にもぐりこむことで癒そうとするのだ。

だとすれば、過剰に外側の刺激をうけとり翻弄される自我と、一方で死への誘惑に取りつかれ、自閉する自己——二つの「矛盾《ジレンマ》」する人格こそ、まさしくロマン主義の特徴ではないか。刺激と自閉、このあいだを揺れ動く存在、ジレンマこそが、ロマン主義から見えてくる人間存在の姿に他ならない。

3　ロマン主義の特徴（二）——政治思想

「すべての定義は死んだ機械的なものである。それは無規定な生を規定する」（シュミット『政治的ロマン主義』七九)。活き活きとした生のダイナミズムを取り戻したい、一点に固定することなく、軽やかに移動しつづける人間でありたい。だからあらゆる定義や規則、そして事物を合理的に考える現実社会に反抗したい――この強烈な自己主張から始まったロマン主義が、どのような政治体制を生みだしたか。結局は「宙づり」である自己に耐えられず、過剰な刺激に翻弄され、あるいは死の淵を見てしまったロマン主義者は、政治にたいしどのような態度をとったのか。

現代社会を理解するための補助線、それがロマン主義である――こう宣言することから本稿は始った。そしてロマン主義を理解する手がかりとしてドイツのそれ、とくにカール・シュミットの議論を私たちは追っている。では政治思想におけるロマン主義の特色とはなにか?

これまで見てきた二つの人間像をなぞるように、政治でもまたロマン主義は二つの特徴をもった。すなわち「政治的ロマン主義」と「ロマン主義的政治」の区別がそれである。まずは両者の違いを、あきらかにしなければならない。そうすればなぜ今、「つながり」が強調される現代社会で、ロマン主義が重要なのかがわかってくるからだ。

第一に、ロマン主義者が場当たり的な刺激に反応すること、これが政治の場合にも共通することにシュミットは気がつく。彼らにとって君主主義であれ民主主義であれ、保守主義ですらも、自らの想像力をかきたてる偶然の「機会」にすぎない。「革命が行われているかぎり政治的ロマン主義は革命的であり、革命の終焉とともに保守的になる」(『政治的ロマン主義』一三八)。

しかもロマン主義が、ルールからの逸脱を願う運動から始まったことを思うとき、彼らが政治体制では自由主義と議会制民主主義をめざすのは当然のことだとシュミットは考えた。あらゆる価値観の多様性を重んじる自由主義が、シュミットの眼の前にあったワイマール体制の特徴だった。自由主義では、さまざまに関心がわかれる以上、人びとの「会話」が重視されるのは当然である。政治ばかりではない、経済から道徳観や価値観をめぐる対立まで、すべては議論とおしゃべりによって饒舌に話し合われるのだ。

これはいかにも、誰もが賛同しそうな理想的な姿である。だが、とシュミットは思った。社会が安定しているとき、多様な意見は尊重されもしよう。それはたしかだ。しかし非常事態の場合はどうだろうか、あるいは最終結論をだす時間がきたら、どうすればよいのか。複数の価値に序列をつけないで、終わることのない議論=おしゃべりに興じている間に、危機は——たとえば津波や戦争は——私たちに襲いかかるのだ。

私たちは、世界を善悪や優劣によって色づけしていればこそ、何かを選択することができる。ものごとの優先順位を「判断」するとは、「選択」することの言いかえに他ならない。私たちは何がしかの最終根拠=世界を見るものさし=判断基準によって、世界を理解し生きている。それは他にもありえた可能性を、一つひとつ切り捨てていく営みなのである。

だがしかし、「自分自身の司祭」である自由主義=ロマン主義者を見てみよ。

彼らは判断のものさしを、自分自身のなかに見いだせない人間だったはずだ。だとすれば、ロマン的人間は、何も決められないからこそ議論=会話に興じているだけではないのか。そして政治の場合、人びとの多様な意見を集約し、取捨選択し、ときには切り捨て、ひとつの価値判断にまで高めることができない——「[…]孤独を厭って陽気な会話の浮動性のなかでただよっていたいという欲求の上には社会的秩序は築かれない」（『政治的ロマン主義』一九五）。「浮動性」と「社会的秩序」という言葉に注目すべきだ。政治の場面でも、ロマン的な気分には「重心」がないという意味だ。革命であれ、保守主義であれ、その時々の政治思想に左右される。だから実際上は積極的に社会ルールの形成には参加していないのだ。

この事実に気づいたとき、シュミットの頭を「政治的ロマン主義」という言葉がよぎった。と同時にこれとの比較から、もう一方の「ロマン主義的政治」の特徴も暴きだせる、そう思った。

その主観的な優越性にもかかわらずロマン主義は、結局のところその時代とその環境の活動的な諸傾向の随伴者にすぎない。〔…〕ロマン的なるもののすべては他のさまざまの非ロマン的なエネルギーに仕え、定義や決断に超然としているというその態度は一転して、他者の力、他者の決断に屈従的にかしずくことになるのである。（『政治的ロマン主義』一九六〜一九七）

ロマン主義者の議論は、何か目的や達成をめざすための対話ではない。それは脈絡もなく、他人を意識しているかどうかもわからないおしゃべりの連続、壊れた機械のように言葉の飛び交う錯乱状態なのだ。止めることのできないおしゃべり、突然次の話題に飛び移るうつり気――ロマン主義は結局、政治的判断のいっさいを他人にゆだね、状況次第でなんでもありなのだ。それをまずは「政治的ロマン主義」と呼ぶことにしよう、そうシュミットは考えた。そして自由主義や議会制民主主義に懐疑をぶつけたのだった。

そして第二として、比較すべき「ロマン主義的政治」の特徴は、次のように思われた。

それは二人の人物の行動を参考にすることで、具体的にわかる。たとえば一八一九年当時、一大学生にすぎなかったザントという名の青年が、ロシア総領事コッツェブーを暗殺した事件に注目する。ザントは典型的なロマン主義者として、祖国ドイツ連邦と民衆、さらには中世をこよなく愛していた。だが驚くべきことに「政治的ロマン主義者」とは正反対の行動に彼はでる。

ザントの前に、偶然のようにコッツェブーは現れた。コッツェブーに注目した青年ザントから見てこのロシア総領事は、当時の社会の卑劣と俗悪を体現した人物、自らの愛するドイツ連邦を台無しにする人物に思えた。

ザントを激しい違和感と怒りがとらえた。そして彼は暗殺を企てたのだ。つまり、怒りを「外部」に向けることでテロルという殺人へと突進していったのだ。このときザントは、明確に「ロマン主義的政治」に足を踏みこんでいた、それは先に定義した「政治的ロマン主義」とは正反対の特徴をもつものだ。

まず自由自在に見えてその実、不安に苛まれ他者の力に「屈従的にかしずく」傾向、これが「政治的ロマン主義」だった。それはきわめて自閉的な政治への受動的応答であった。

だが大学生ザントは違った、暗殺にうってでたからだ。つまり外側からの刺激に反応し、「敵」だと判断し、ついには人を殺す決断までしたわけだ。[6] 内向ではなく、外へ向かう傾向はまさしく「政治的ロマン主義」とは正反対である。だからそれを「ロマン主義的政治」と名づけようとシュミットは思った。そしてさらなる典型的人物としてドン・キホーテこそ、ザントに代わるもう一人の人物だと気づいたのである。自らの判断で、正義と不正義を判断することができる人物、「自分の考える騎士道の理想への熱狂と想像上の不法に対する激昂」がドン・キホーテをとらえていたからだ（以上、シュミット『政治的ロマン主義』一七七～八）。

だとすれば、次のようにまとめることができるだろう。ロマン的人間の精神構造と、政治思想における二つのあり方は、重なるのだ。過剰に外側の刺激を受けとり、テロルも辞さない外向性をもつ人間像（ロマン主義的政治）。一方、価値判断をいっさい捨ててしまい他者に政治判断すべてを委ねる内向的な傾向。それは、死の誘惑に取りつかれ自閉する自己に重なる（政治的ロマン主義）――。このようなシュミットの導きだした政治像、外向／内向、過剰／自閉の区別を、端的に語った文章がある。論文「カール・シュミットの機会原因論的決定主義」において、カール・レーヴィットは次のように言う。

> 真正のロマン主義にとって、中心を占めるのはつねにただ、かれらの自我、才気に富み、反語的で、だがけっきょくは根拠をもたない自我なのである。[…] ところで、極点にまで進んだこの人間存在の孤立化、個別化からは、その正反対である極度の公的拘束 [...] へ、あと一歩に過ぎない。（シュミット『政治神学』九七）

「孤立化」のゆえに政治から降り自己の死――詩「死への誘惑」――へと誘惑されるか、あるいは極端にぶれて他者の殺戮など「極度の公的」な行為におよぶのか。

私たちは本書で、こうした両極端な時代状況を「矛盾時代《ジレンマ》」と呼ぶことにしよう。いずれの側にブレるにせよ、ロマン主義には、「死」の豊饒な香りが漂っていることがわかるはずだ。

4　政治の過剰とロマン主義

自死とテロル――この二つの死の匂いは、私たちには無縁なのだろうか。

第二次世界大戦へ突入する時代だけに特殊な匂いなのか。おそらくそうではないはずだ。外向的な暗殺と、内向的な自死の二つが、ともに現代社会を覆い始めている――これが筆者の主張するロマン主義と現代社会との接点なのである。

ロマン主義の外向／内向、過剰／自閉というジレンマ図式を、より具体的に「現代日本」に限定してみる。つまり、ロマン主義を武器にもう一度、冒頭の問いへと戻ってみるのだ。すると次のような姿が見えてこないか。

ここでは外向的な側面＝「ロマン主義的政治」にとくに注目しておこう。「敵」を鮮明化し批判否定しようという空気が現代日本を覆っている。不況と雇用不安の元凶は誰だ、そいつを糾弾して、鬱屈した気分を晴らそうという雰囲気が漂っている。タレントの不祥事から学者の論文にいたるまで、私たちは週替わりで生贄を血祭りにあげて、拍手喝采しているではないか。これが過剰でないとどうして言えるか。

さらに災害対応への遅れ、電力供給のあり方への懐疑が、権力／反権力のわかりやすい図式を、ふたたび生みだし、ヒロイズムに踊らされた感情の共同体、怒りによる「つながり」に私たちは浸りきっている。あらゆる共同性から放りだされ、「砂粒化」していた個人は、デモであれNPOであれ、共同性と自身の生きる根拠を求めて、過激に政治化しているとしか思えない。

戦後日本への反省と批判が、大震災の経験を経て今、政治的発言の高揚をもたらしている。戦後日本はまちがっていた、一気にそれを変えるべきだ、敵の正体は暴かれた――これまでとは異なる価値観・文明観の必要を叫ぶ彼らの姿は、あまりにも外向的ではないか。[7]

先にみたシュミットの「ロマン主義的政治」を思いだしてみよう。シュミット自身は、ワイマール体制を支えていた自由主義と議会制民主主義こそ、克服すべきものだと考えた。自由主義と議会制民主主義――耳に心地よい言葉が溢れかえっていたワイマール時代こそ、シュミットの「独裁」や「全体国家」が浮上してきた時代だった。外向的＝テロル＝死と結びつきながら、全体主義が怪しく立ち昇ってきたのだ。

先に取りあげたドン・キホーテを見てみよ。彼は勇敢にも自ら判断をくだし、政治的決断をしたではないか。そこにこそ政治の本質が現れている、自由主義など何ものでもない、シュミットはそう考えた。政治とは、自分の側＝「友」と、相手側＝「敵」を明確に区別し殺すこと、つまり「究極的な政治的手段としての戦争は、すべての政治的概念の基礎に、この友・敵区別の可能性が存在することを露呈するものである」（シュミット『政治的なものの概念』三二）。

「戦争」という言葉に注目すべきだ。つまり政治とは、議会制民主主義のような安定したおしゃべりを意味しないのであって、自己と他者を死の前に投げだす状況、剥きだしの暴力が私たちの心を支配することなのだ。戦争とテロルのスイッチは、敵を殲滅する、という「決断」なのだ。シュミットは、自由主義と議会制民主主義に苛立ち、このような政治思想をつくりあげた。そして書きしるした「主権者とは例外状況にかんして決断を下す者をいう」と（シュミット『政治神学』一一）。だとすれば、ドイツの一哲学者の発言は、やはりどうみても私たちに身近である。私たちの耳元で、敵がはっきりした、その権力を殲滅せよ、という言葉が聞こえてくるからだ。東日本大震災＝例外的事態を知ってしまった今、その後の私たちはシュミットと無縁ではありえない。▼8

5　ロマン的「人間」

こうして私たちはふたたび冒頭の問題意識へと戻る、戻ることができる。

それは階級でも物の生産の仕方でも消費でもなく、いったい何が「人間」を人間たらしめているのか、という問いである。

外向／内向の矛盾《ジレンマ》を生きる人間＝「近代日本」を生きる私たちはどのような場所に今、立っているのか。戦後の日本人はこの亀裂を見ないまま、「ゆたかさ」ですべてを封印してきた。だがロマン主義を補助線に現代社会を見てきた以上、経済的な価値だけで人間を定義することは不可能である。ふたたび私たちは今、足下を、引き裂かれた深淵を、人間の条件を直視せねばならない。私たちは「近代日本」という迷宮のなかにいるのだ。

そのとき、日本のロマン主義について考えた次の発言は、きわめて重要である。今から半世紀以上も前、日本の文学と近代化について考えぬいた次の引用をみてみよう。

人間を抽象的自由人なり階級人なりと規定することは、それ自体は、段階的に必要な操作であるが、それが具体的な完き人間像との関連を絶たれて、あたかもそれだけで完全な人間であるかのように自己主張をやり出す性急さから、日本の近代文学のあらゆる流派とともにプロレタリア文学も免れていなかった。（竹内「近代主義と民族の問題」一八九）

「具体的な完き人間像」という言葉に注目すべきだ。文学とは、人間を丸ごと描ききる言葉の技術のはずである。人間は、階級や自由など抽象的なものだけを抱えて生きているのではない、抽象的な枠組みで括られてはならない。そこからこぼれ落ちる何かとてつもなく情念的で、その人個人に固有の陰翳を宿した生き物として、「人間」はある。それを描いてこそ、文学だ——こう竹内好は主張した。西洋文明＝近代主義に一貫して対抗し中国文学を修めた思想家、それが竹内好だった。

その竹内が人間について、さらには日本の近代化について考える際、もっとも注目したのがロマン主義とナショナリズムだったのだ。こうしてロマン主義を考えることが、「近代日本とは何か」を考える補助線だとわかる。つまりドイツを越えて、私たち日本人を照らしだすキーワードだとわかるわけだ。

6　「近代日本」とロマン主義

近代を生みだした西欧内部での、自家中毒症状の苦しみのなかから産声をあげたロマン主義が、極東の小国であるわが国の波頭を洗ったのは言うまでもなく明治維新以後のことである。

近代化・欧化・普遍化への違和感と抵抗は、日本では近代化とほぼ同時期に起こった現象であった。一九三〇年代の「日本ロマン派」がピークであることはたしかだとしても、自らの位置づけの不安定さ、「ズレ」の意識＝ロマン的主題は、明治維新以来の日本国家そのものの特徴だったからだ。

先に引用した竹内好は、次のようにも言っている――「「日本ロマン派」は、さかのぼれば啄木へと行き、さらに天心へも子規へも透谷へも行くのである。福沢諭吉だって例外ではない。日本の近代文学史におけるナショナリズムの伝統は、隠微な形ではあるが、あきらかに断続しながら存在しているのである」（竹内「近代主義と民族の問題」一九〇）。

竹内は、昭和戦前期のロマン主義は、福澤諭吉や北村透谷、さらに岡倉天心や石川啄木にまでさかのぼることができると言った。しかもロマン主義は、ナショナリズムと深く結びついている、こうも竹内は言っているのだ。

一九三〇年代の「日本ロマン派」は、日本の近代化を全否定した。その近代への疑惑は、近代日本が構築されるその瞬間――福澤の登場――から始まっていると言うのだ。明治の啓蒙主義者らもまた、この国の矛盾《ジレンマ》を知っていたというわけだ。▼9 西洋でも東洋でもない近代日本。外向／内向に分裂した近代日本。それではいったい、この国は何ものだというのか。詳しく明治日本を見ていくことにしよう。

註

▼1　以下、序章を書くにあたり全般的に参照した資料は次の通りである。小野紀明『美と政治　ロマン主義とナショナリズム』（岩波書店）、ケヴィン・マイケル・ドーク『日本浪曼派とナショナリズム』（柏書房）、山田広昭『三点確保　ロマン主義とナショナリズム』（新曜社）、ヴァルター・ベンヤミン『ドイツ・ロマン主義における芸術批評の概念』（ちくま学芸文庫）、カール・シュミット『政治的ロマン主義』（みすず書房）同『政治的なものの概念』『政治神学』（以上、未来社）、仲正昌樹『カール・シュミット入門講義』（作品社）、福田和也『保田與重郎と昭和の御代』（文藝春秋）。詳細については、参考文献を参照のこと。

▼2　たとえば、小野紀明は前掲『美と政治』の冒頭部分を「近年、ポストモダニズムの起源を十九世紀ロマン主義にまで遡って見いだし、そのことによってロマン主義とポストモダニズムとの間に一定の連関を認めようとする研究が相次いで発表されている」と述べている。同書一頁参照。ただし小野氏自身は、両思想のむしろ差異を強調するためにこの書を書いている。

▼3　現代社会が共通の目標を見失い、各人が個人的な嗜好に走っていること、かつまた総ての人が自分を特別視する平等、という奇妙なパラドクスが生まれていることを宇野重規は「砂粒化」の時代だと指摘している。『〈私〉時代のデモクラシー』、『民主主義のつくり方』を参照。

▼4　だからロマン主義文学は、ゲーテとは異なる哀しい言葉の群れだった。文学作品は、必ずしも歓喜と躍動に満ちた言葉ではない。「近代人の多くの作品は、成立と同時に断片」にすぎないとは、ロマン派の詩人・シュレーゲルの同時代人への苦々しいイメージであり、「感覚（個々の芸術や学問、あるいは人間などを正しく理解するための）とは、分割された精神である」――断片と分割、そして破壊という文学イメージは、自分自身＝ロマン的人間存在そのものの特徴だったのだ（シュレーゲル「リュツェーウム断片」一二三）。

▼5　酒井健『「魂」の思想史――近代の異端者とともに』筑摩書房、二〇一三年、一五七頁より引用。

▼6　ここでの「敵」「決断」という言葉が、シュミットの最重要概念であることは、言うまでもない。補足すれば、シュミットは政治の究極の姿を、「政治的な行動や動機の基因と考えられる、特殊政治的な区別とは、友と敵という区別である」（シュミット『政治的なものの概念』一五、傍点原文）と明確に定義した。政治は道徳的な善悪や、経済的な利害とすら無関係に、友・敵関係に集団をわけることを意味する。さらにその究極的な姿――それを「例外的事態」と言う――は、戦争となって現れるのだ（同三〇）。言うまでもなく、戦争とは、暴力が全面的に人間を支配する行為であ

る。つまり、暴力そのものが手段であることを忘れ、目的そのもの、暴力をふるう事自体が目的になる場合が、戦争にはあるのだ。「戦争というものは、敬虔なものでも、道徳的価値のあるものでも、また採算のとれるものでもある必要がない」（同三一）。だとすれば、政治とはその核心に無目的の暴力＝無・意味を潜ませていることになる。ここに、政治のもっとも恐ろしい側面、人間存在の究極の意味にふれる、シュミット理論の迫力がある。

▼7　実際の政治はそう容易には動かない。なぜなら私たちは今、保守／革新、右／左、体制／反体制などでは割り切れない複雑な社会を生きているからだ。にもかかわらず、否、だからこそ気分は鬱屈し、苛立つ。世界をすっきりと見通したい、ヒロイックな行為で世界を変えたい、そう思う。だからいったん刺激的な事件――東日本大震災はその典型的事例である――が起こったとき、何か明確な敵が、はっきりとした問題点がみえたと思いこむのだ。善悪ははっきり区別され、可視化され、それを倒せば政治問題は解決される、そう思うのだ。

▼8　以上は、シュミットの区別によれば「ロマン主義的政治」の方にとくに注目したものである。一方で、現代の日本社会では、東浩紀の指摘するように「単純に人々がもはや政治を欲望しなくなった」事実もあげられる。この政治的無関心が、「政治的ロマン主義」の側に当てはまる事は言うまでもないだろう。では、テロルと政治的無関心に分裂する日本で、「それでもなお」政治参加するにはどうすればよいか。これが筆者と東浩紀氏に共通する問題関心である。ちなみに東氏は、この課題を「ひきこもりの作る公共性」（傍点原著）として考えたいと言っている。『一般意志2・0』（講談社）、一七三・一七〇頁参照。

▼9　柄谷行人や、その影響下にあるケヴィン・マイケル・ドークは明治期ロマン派と昭和のそれを「第二の自然」概念の有無に見ているが、後にあきらかになるように、両者の間には強調されるような断絶は少ない。

第2章

中江兆民──東洋のルソーと『社会契約論』

思想史研究を始めてみると、学者には、ある共通した態度があることに気がつく。その態度は、重要な欠点であるにもかかわらず、問われないままだ。なぜなら学者はふつう、研究対象を精緻に読むことに意識を集中させてばかりいて、自分自身の傾向には無頓着だからである。読む側の姿勢は、不問にふされたままなのである。

たとえば、福澤諭吉は「啓蒙思想家」なのかどうか、というもっとも基本的な問いかけをしてみよう。この場合、福澤本人の数ある発言のなかから、啓蒙的と思われる部分を引用し評価するか、あるいは逆に、藩閥政府や皇室へ迎合する発言をもちだして彼の保守性を糾弾しようとする傾向、この二つが主流になっている。

だがこれはともにおかしい。

彼らに共通するのは、研究対象＝福澤諭吉のなかに、「正解」の有無を求める姿勢である。福澤を医者にたとえれば、彼らは福澤から処方箋を、「時代へのお薬」だけを貰おうとせがんでいる。どんな薬をくれるのか、期待通りの薬はでて来るのかばかり気にしている。啓蒙的発言は期待通りの薬だとよろこび、藩閥政府寄りの発言は期待はずれの処方箋だと福澤に押しもどす。ときに、思想家は患者の期待に反する薬を処方するものだ。福澤が自主独立にくわえ「帝室」「宗教」の重要性を主張したのも、「人間社会の運動は蒸気に在りと云ふも可なり。千八百年は蒸気の時代なり」という患者にはおよそ理解できない独自の診察結果があったからだ（「民情一新」七）。蒸気機関や郵便技術の発達、つまりは情報流通革命がおきている。人びとは大量の情報を手にいれることができるが、翻弄もされる。情緒的な気分を判断材料に、政治を、社会を判断してよいのだろうか――こうした時代診察をもとに、福澤は処方箋を書く。自主独立だけではない、精神安定剤として「帝室」「宗教」もまた重要ではないのか、こう福澤は考えたわけだ。

私たちは思想家の、まずは「時代診察」に眼を向けねばならない。なぜ、どうしてこの思想家は、私たちの期待を裏切るような処方箋を書く場合もあるのか。そこには私たちが見落としがちな、思想家に独自の時代診察があったからではないか――こういう思考法を、学者は完全に欠落させている。診察の過程をよく聞くこともなく、薬の名前だけから想像をめぐらし、医者の実力を評価してしまうのだ。自らにとって不都合な引用を、「時代の限界」とか「権力による変節」などと指摘するのが、典型的な事例である。

まず第2章では、維新後の最初の政治運動＝自由民権運動に、一定の理解を示した思想家から始めよう。

中江兆民のことだ。フランス留学を果たし、『社会契約論』の漢文訳『民約訳解』を書いた兆民は、しばしば「東洋のルソー」と呼ばれる。

反藩閥政府の急先鋒でもあった兆民は、留学時、ヨーロッパの政治運動の帰結を、身をもって経験した。そこはプロイセンとの戦争に敗れ、第三共和政に移行しパリ・コミューンの成立をみたフランスであった。「コミューンは本質的に労働者階級の政府であり、占有階級に対する生産階級の闘争の所産」とマルクスが狂喜した政治過程を、兆民はどうみていたのか。また留学から帰国後、取りつかれたように漢文の習得を始め、漢学を必須科目にすることを外国語学校長時代に提言し、否決されるや職を蹴った兆民は、ルソーを、フランス革命をどう論じたのか――ロマン主義前史として兆民を読み解く。

もちろん、兆民の思想のなかにロマン的な気分を見いだすことは、軽率の誹りを受けるかもしれない。だがしかし、洋の東西の激しい分裂と葛藤＝内向きと外向きに分裂する矛盾《ジレンマ》をロマン的心情だと定義した本書第1章からすれば、兆民をルソー流の革命知識人だと断定することは慎まねばならない。とくに主著『三酔人経綸問答』の読みなおしに関心は注がれるであろう。

つづく第3章以降は、兆民以後の思想家をみてゆく。自由民権運動の挫折を経験し、わが国において高らかに「文学」の自律性を謳った北村透谷へと、本稿の筆は進んでゆく。同時代には、透谷・高山樗牛・岡倉天心という高峰が、それぞれ独立した峰を形作っている。日本の最初のロマン主義の高揚期といってよい時代、明治中期をへた我々は、その足で石川啄木へと向かうであろう。彼の思想的営みは、樗牛からの深い影響のもとに始まり、明治末期のロマン主義の帰結を教えてくれる。しかも啄木は、大正時代をへて昭和期の「日本ロマン派」までも俯瞰させる、大きな射程距離を備えた思想家なのだ。

1　幸徳秋水の指摘

ここ第2章で取りあげるのは、「啓蒙主義者」福澤諭吉と並び、「東洋のルソー」として名高い中江兆民である。兆民が弟子として終生愛してやまなかった幸徳秋水は、彼の人となりを次のように語っている。「予曾て曰く、仏国革命は千古の偉業也。然れども予は其惨に堪へざる也と」。この秋水の発言をうけ入れて兆民はいう――「先生曰く、然り予は革命党也。然れども当時予をしてルイ十六世王の絞頭台上に登るを見せしめば、予は必ず走って手を憧倒し、王を抱擁して遁れしならんと」。この発言を受けて秋水は思った、「此の一語を以て如何に先生の多血多感、忍ぶ能はざるの人なりしかを知るに足る可し」（幸徳『兆民先生行状記』三八）。

つまり兆民自身もまた、断頭台で処刑されるルイ十六世への同情を隠さない。この激しい同情心をもって秋水は、兆民を「多血多感」の人、激情型の人間であると断定しているのである。

たしかに兆民その人は、評論「無血虫の陳列場」で国会議員を罵倒し、衆議院議員の職を辞すことに躊躇しなかったたし、また酒乱であることを自覚していた。「社会主義者」秋水を弟子にもちつつ、「右翼」の巨頭・頭山満と親交をもち、大陸進出を積極的に肯定した兆民は、たしかに「多面的」な人間であった。それはまさしく激しい感情とブレをもった人間、革命思想家を期待させるに十分である。

だがここで秋水は、重要なことを指摘し忘れている。それは兆民という人物が激情型の人間であるからといって、彼の思想までもが過激であるとはかぎらないということだ。弟子の幸徳秋水だけではない、多くの兆民研究の徒が、兆民の激しい気性ゆえに、彼が革命家であり、フランス革命を生みだすような思想を肯定した人間だと考えている。[1] 伊藤博文＝明治国家＝藩閥政府へ抵抗する兆民の発言に、革命思想という処方箋＝激薬を見いだそうとばかり努めている。

だが、事態はより複雑であった。

兆民はルソーの『社会契約論』と、現実におけるフランス革命の帰趨を整然と区分し、前者のみを肯定した。その肯定の論理は、驚くべきことに『社会契約論』＝革命の書という私たちの前提を徹底的にくつがえす。兆民にとって『社会契約論』は、たしかに明治の今、是非とも読まれるべき書物であった。だがしかし、それは明治二十年代へと向かう日本に、革命を起こすためではなかったのである。では何のために？——第2章は、最終的にこの問いに対する答えをだそうとする試みである。

2　中江兆民の登場

幕末から維新政府成立までの激動期は、公私を問わず正統性の保証が決定的な崩壊に直面し、あらたな秩序が模索される日々のくり返しであった。「朝令暮改」と揶揄された維新政府の政策は、公的な面での正統性の危うさをはっきりと示しているし、私的な個人の内面においても、自らの精神的支柱をどこに置くのかは未確定なままであった。

たしかに多くのあたらしい価値は眼の前にある。だがどれが正統で、たしかな基準を自らにあたえてくれるのかは、誰にもわからなかった。

西郷隆盛の敗北に終わった西南戦争の翌明治十一年、中江兆民は、古代ギリシアの懐疑派の哲学者ピロンに共感をよせながら、「近世人情尤も軽薄と為り、新を競い奇に駆り旧習を脱すること蹝《くつ》を敝《す》つるが如し」と時代状況を批判している。

いっさいの現象に疑いの眼を向けたピロン、事物の本性へと沈潜したこの哲学者に匹敵する「自疑」を、現代の私たちは行わない。単純に旧来の価値観を否定し捨て去り、新説に飛びつくことをくり返している。誰もが納得する方法に則った懐疑が必要な時代にもかかわらず、人びとは時代に翻弄され、狂乱し、あるいは懐疑に溺れているだけだ――「此の輩をして少しく其の疑を蓄えしめば、即ち其の猖狂恣式睢《しき》なる必ず是の若きの甚しきには至らざらん」（「疑学弁」11巻一四）。当時の正統の混乱を、兆民はギリシア哲学の比喩で語っているのだ。

　こうした危機意識は、他の思想家にも共有された時代診察であった。たとえば福澤諭吉にとって、封建から文明開化への道筋は、「一身にして二生を経る」ような貴重な複眼的思考を可能にしたが、一方で多くの人びとが「一身あたかも空虚なるが如くにして安心立命の地位を失い、これがため遂には発狂する者あるに至れり」（『学問のすゝめ』第15編）であること、混乱の渦中にあることを福澤は見逃さなかった。

　福澤だけではない、敗軍の将を父にもった山路愛山は、自らの精神的安定を求めてキリスト教の門を叩き、また新聞という新しいメディアで筆をふるう。それは現実社会に手触りを感じ、精神的支柱を得ようという試みだった。さらに、実務的世界で出世の道を絶たれた頭山満は、終生、明治藩閥政府への嫌悪を抱き続けることになったのであり、自由民権運動もまた同様の問題意識から生まれた政治参加要求運動だったと言ってよい。「安心立命の地位を失い」という福澤の言葉は、激変する時代状況で浮動する市井の人びとを描写したものであるが、そこは新聞ジャーナリズムや民権運動というあらたな思想が芽生える場所でもあった。自らの「正統性」を求める激しい渦中から、福澤や兆民という思想家は生まれてきたのである。

ところで、大久保利通に取り入ることでフランス留学のチャンスをつかみ取り、明治四年から二年あまりの間、フランスの地を踏んだ兆民は、帰国後、短編『策論』を書いて勝海舟へと届けている。兆民にとって、維新以来の日本の近代化には問題があり、克服するには西郷隆盛と勝海舟が是非とも決起する必要があった。兆民が留学したのは、普仏戦争でナポレオン三世のフランスが敗北し、パリ・コミューンの成立と崩壊を経験したフランスであり、帰国後の日本は征韓論で下野した西郷隆盛と、「民撰議院設立建白書」を提出した板垣退助らの活動していた時代であった。近代の最先端、ヨーロッパの地で兆民は何を見たのか。またその眼で日本国内を、どう診察したのか。

3 経済的自由主義の帰結

まず兆民の眼に映じた日本社会は、急速な近代化に翻弄される人びとで溢れかえっていた。経済と政治、双方の分野で急速に変化する時代状況と、その渦中で人びとが陥る精神構造の劇的変化こそ、兆民が終生、警戒を抱きつづけたものに他ならない。

たとえば、兆民は晩年にいたるまで自由貿易論に一貫して反対の立場を取りつづけ、「余かつて論ず、明治政府の初めよりわが官民上下英国マンチエスター派の経済論に誤まられ、保護干渉を以てほとんど悪事と為し、経済上の自由と政治上の自由を混合」していると念を押した。そこには利益の追求を肯定することが、「人間羞恥の事」を見失わせるという兆民なりの見方があった。経済の自由を論じることが、人間の道徳をめぐる問題に直結している点に、兆民思想の第一の特徴がある。日本の経済を論じることとは、当時の日本人がどのような生き方を第一の価値と見なすかという、きわめて倫理的・哲学的問題につうじると兆民は言っているのだ。

この日本批判には、西洋社会を席捲する技術主義が、人間の欲望の無限の拡張を前提したものであり、いくら技術発展が行われたとしても、「充すべからざるの欲と縦にすべからざるの利と方寸の中に相交れば、即ち天下の乱なきを望むも其れ得べけんや」(「原政」11巻一七)という洞察が控えていた。日本に先んじて、西洋の自由主義経済が、無限の欲望の拡張を押しすすめている。それは結果、人びとを「天下の乱」へと落とし込んでゆく――兆民は、こうした人間の危機を西洋思想から取りだし、無条件にそれを採用する明治政府の経済政策を批判しているわけだ。そして経済を論じてきたこの評論は、次のようにルソーに言及し、突如中絶して未完のまま終わる。

夫れ民徳義に嚮往すれば、則ち浸漬紡積累の効は以て至善の地に達すべし、以て自治の域に造《いた》るべし、余聞く、仏人蘆騒《ルソー》書を著して頗る西土の政術を譏ると、其の意蓋し教化を昌んにして芸術を抑えんと欲す、此れ亦た政治に見るある者ならんか(「原政」11巻一七)

兆民は思った、フランス人ルソーは著作を書くことで、西洋批判を行っている。そしてルソーの近代批判は、西洋の特徴である技術主義――「芸術」――を批判する論理であり、政治を「徳義」

「教化」の観点から考えているに違いない、と。

要するに、兆民はルソーをあたかも儒教道徳の体現者であると理解し、西洋人自身による西洋近代批判の書として読んでいる。経済における自由主義と技術主義は、政治の自由が生みだす人間とはまったく異なる人間像を結ぶ。それを批判したのがルソーであった。だが日本を見よ、政治と経済の自由の区別もできていないではないか。

儒教道徳は急速に廃れ、あらたな道徳的価値観も確立されないまま経済上の自由主義を取りこもうとしている、兆民はこう考えた。この自由主義は、道徳的な頽廃と社会の混乱へと人びとを導き、最終的には政治的自由の放棄までひき起こすかもしれないのだ。実際にフランスを見よ、「仏蘭西革命の時の告示中にいふあり。曰く凡そ国人たる者皆学術なかるべからずと。けだし人の不学なるその弊固より勝げて言ふべからざる者あり。その最も甚きは、曰く世の浮栄を慕ふて自己の自由権を拋棄するこれなり」(「再論干渉教育」14巻一八)。

フランス革命、この激動の時期にこそ落ちついて学問すべきだ。混乱に流されるのではなく、時代を見つめる眼を育てよ。時代から身をひきはがし原理的な問いを立てよ。さもないと自由を失うことになる、それはあまりにも皮肉な事態ではないか――こうして兆民は、自らが東洋のルソーたらんと筆を執って立ちあがった。

4　政治的自由の自殺

兆民がフランスから学んだもの、それは自由を尊重するどころか、嬉々として自らの自由を拋棄する人びとの精神構造であった。なぜ人は、自らの意志で政治的自由を投げ捨てるのか、そこには何か重要な近代人に特有の行動心理が潜んでいるのではないか――これが第一に兆民をとらえた問題であった。法律学＝実学を修めることを条件に留学を許可されたはずの兆民が、一見して現実社会から遊離した哲学への関心を深め、帰国したのにはそれなりの理由があった。

正統をめぐる混乱の渦中では、さまざまな事件が起きていて、現実的対処を求められるだろう。実際、立憲政体をしらない日本人に向けて論文「平民の目さまし」を発表し、伊藤内閣を弾劾する文章なども書いてみた。だがこうした事件の背後にある、より根本的な課題、人間の本質的な行動パターンを摘出するためには哲学を学ぶ必要があるのだ、兆民はこう考えていた。

たとえば、フランス革命の帰結を調べてみる。

政治的自由を求めて始まったフランス革命は、その過程で諸政党に分裂し、国外からの軍隊にも包囲され、分割割譲される危機におちいった。山岳派、ジロンド派、平原派に分裂し混乱する渦中で、サン・ジュストの過激な演説に促されルイ十六世は処刑されてしまった。一七九三年一月二十一日のコンコルド広場は、国王の首を掲げて熱狂の渦につつまれていたのだ。この興奮を誰が冷ますことができよう。革命を輸出せよという怒号に導かれるように、政府はイギリス・オランダに宣戦布告、対するイギリスは軍事共同戦線――対仏大同盟――で対抗した。

フランス国内でも、革命政府への大反乱（ヴァンデの反乱）が起きる。革命の過程でフランスは、国内外の危機に直面することになったのだ。

こうした混乱のなかで、イタリアに連戦連勝し彗星のごとく現れた人物、それが、ナポレオン・

ボナパルトだと兆民は気がつく。ボナパルトは国外からの圧力をはねのけ、救世主の役割を演じ喝采を獲得、フランス議会を破壊し自らが君臨する道を選んだ――フランス革命について調べつづけるなかで、ここまできて兆民は愕然とした。そして思った、これほどの皮肉があるだろうかと。

議会制を破壊したボナパルトは、人びとの自由を奪った存在である。にもかかわらず、ボナパルトは賞賛されているではないか。ここには、人間が自らの自由を求めながら、結果的に自殺する姿がありありとみて取れる。自由を求めて自由を殺すという不可思議な矛盾が露呈している、兆民はそう思った。だから本来、フランス人は蜂起してボナパルトを殺戮すべきだったはずだ。だが実際の群衆はどうしたか。彼らは嬉々として、自らの自由をボナパルトに渡してしまったのだ、「拿破崙《ナポレオン》の隣敵を摧陥し威を四方に宣ぶるを見て歆慕《きんぼ》感激の心に堪へず、是を以て自らその貴重の権を棄てて復た顧惜することとなし」(「再論干渉教育」14巻一九)。

> 彼れ其王路易《ルイ》第十六の頭を斫り其熱血を掬取りて之を欧洲諸国王の頭上に沃《そそ》ぎ、[…]一時に尽く諸国の制度を一変して平等の制を為さんと欲せしが如きは、狂顚《きょうてん》に似たる哉(8巻二〇九)

改めて兆民は思った、人はときに個人的自由を投げだしてまで、英雄を待望する傾向がある。英雄=独裁者のもとに跪くだけではない、自らの手で独裁者を生みだすことに積極的に加担しさえするのだ。これは過剰な「つながり」ではないか。フランスを実見し、かつまた哲学的思考を積みあげて、兆民は帰国する。そして帰国後の日本は、フランスを凌ぐ危機を内包していることに気づいた。フランス哲学を修めた兆民の時代診察をもってすれば、当時の日本人もまた、自由を投げだすかもしれないのだ。正統性不在の状況で、急速な「つながり」へと舵を切るのではないか――その病原は今や、あきらかであるように思えた。

5　日本の時代診察

たとえば明治十五年七月に起こった壬午事変を診察してみようと兆民は思った。ここで改めてあきらかになるのは、明治維新という未曾有の大変革を経験したわが日本人にも、「英雄豪傑」を待望する傾向があることだった。維新前後の大改革の時代には「悲憤慷慨の癖、切歯扼腕の習」すなわち胆力があれば十分であった（「士族諸君に告ぐ」11巻九四）。旧来の秩序を破壊することが求められる時代には、こうしたタイプの人間が社会を動かす役割を担った。彼らを「乱民」と名づけることにしよう。

だが断じて英雄豪傑を賛美してはならない、兆民はそう思った。「然りと雖も天地間又一種奇々怪々尤も悪む可きの人物有りて古今人類の患を為せしこと実に勝げて言ふ可らず其人物は如何なる者乎、曰く世の所謂英雄豪傑なり」（「論外交」14巻一三二）。

道徳も学問もなく、自らの機転と思いつき、威勢だけを頼りに一時的な波乱を好む人間を、「英雄豪傑」あるいは「乱民」と呼ぶことにする。問題は、英雄本人だけにあるのではない。むしろなぜ人間が、英雄を待望してしまうかにあるのだ。英雄の登場を歓喜してむかえる理由、とくに明治維新を終えたこの国で、なぜ英雄待望論がくすぶりつづけるのか――この問いに答えをださないかぎり、維新後の混乱をしずめ日本を安定させることはできない、兆民はこう思ったのだった。

そして、混乱の理由は大きくみて二つあると兆民は考えた。

第一に、西南戦争の硝煙さめやらぬ時代風潮と、その後の激しいインフレーション。結果、旧武士階級の過激な精神が、そのはけ口を求めて蠢いていることに兆民は気がつく。「吾邦封建の制を廃して猶ほ未だ久からず、昔日双剣を佩び自ら武門武士と称せし者六十余州に散布し、豪侠の気未だ除かずして自由の論先づ之れに入り、楮泉降下し貨物騰踊するに際して此輩の窮困日一日よりも甚し。夫れ豪侠の気を以て自由の論に心酔して窮餓の苦に窘迫す、而して之を抑圧し其の激怒せざることを望むは、我が知る所に非ざるなり」（「防禍于未萌」14巻六〇）。

日本六十余州に散在している封建精神、その過激な精神に政治的自由という言葉がふれる。するとたちまちのうちに、インフレで困窮した彼らの精神を、「激怒」という感情が支配してしまうのだ。あたらしい時代潮流からこぼれ落ちたこれら封建の精神は「卑屈の心」に占められている。維新の混乱の最中には、まだ彼らの激情をぶつけ興奮させるだけの事件や騒擾が時代に溢れていた。だがある日、硝煙のうちにある静寂、鎮まる時代から取りのこされた自分に気づくのだ。そこに「卑屈の心」が宿る、兆民はこう考えたのである。

そして、あたかも舞台俳優の大見得に涙するような気分が、俳優まがいの政治的カリスマの登場を期待させる。維新の精神をよくも悪くも継承しているこの分子は、争乱を記憶にとどめているだけに、明治半ばの今も過激なものを求めて精神的渇望に苦しんでいる。

これが、兆民の考えた第一の原因である。

次に第二として、一見するところ第一の精神と逆の状態が明治中期を支配し始めていた。それが「人心の厭倦」という状態である。明治も二十年代をむかえると、一定の社会的秩序が支配し始めたことによって、封建武士の精神とは正反対の状況ができあがる。興奮ではなく、倦怠感が支配するのである。

だがこの精神の静逸も、実は見かけだけにすぎない。「夫れ此個々の頭脳が厭倦の苦を覚ふや、見聞する所皆空虚ならざる莫し」（「人心の倦怠」13巻一三）。第一の封建の精神が、生来の暴力的な気分の落としどころに苦慮し、つねにふり上げた拳のやり場をもとめてギラついているとすれば、第二の精神は逆である。疾風怒濤の時代が去った後の精神の空白に悩む存在だからだ。嵐が過ぎ去った後、ふと我にかえる。すると周囲の社会状況は固定化されているのに、自らの精神には何ひとつ確実なものがないことに気がつく。彼らは、「空虚」し「懊悩煩悶」している。それが、第二の精神だと兆民は思った。

そして第一と第二の精神は、見かけ以上の親近性がある、兆民はそうも考えた。なぜなら精神の「空虚」に「懊悩煩悶」する人びともまた、あたらしいものに飛びつく傾向があるからだ。つかの間の事件で、心の穴埋めをし「つながり」を求めているからだ。それが福島事件や大阪事件などの過激な政治運動に結びついている、兆民はこの事実に気づいたのだ。

要するに、第一の封建精神と第二の倦怠感は、同じ過激な政治運動を生みだしてしまう、兆民はそう思った。「是時に於て加波山事件福島事件飯田事件大阪事件等相踵で興りたるは、他無し、彼れ自民党中最も自己頭脳の空虚を感じて懊悩の苦に堪へざる者が、自由民権てふ少許の養料を得て、之が刺激を増し、終に爾く破裂せしに外ならず」(「人心の倦怠」13巻一四～一五)と兆民が書き記すとき、彼の脳裏には封建時代であれ、維新後の近代日本であれ、結果的に人は同じ行動をとってしまうことへの驚きがあった。

フランスで近代精神の根本をつかみ、哲学的思考を鍛えた兆民が日本を診る。するとそこにくり広げられていたのは、過激な感情をもてあまし、「卑屈な心」からいっさいを破壊しようとする封建精神と、近代的な自由精神＝「空虚」の奇妙な癒着であった。自由民権という西洋発の思想は、封建精神と維新後の空虚な心に、一時的な刺激をあたえる激薬として処方されかけていた。これまさしく、時代は、政治的自由という薬をあおって自殺するにも等しいと思われた。

6　分裂する「自由」のイメージ

通常、自由民権運動が消火され帝国憲法が制定された結果、国家への「つながり」が固定化されたといわれる明治二十年代を、兆民はまったく異なる眼で診ていた。フランス留学の経験から時代診察を行う医者＝中江兆民には明治二十年代はまったく違う病状であると思えたのである。

彼の時代診察を、より具体的な人物像をもちいて語ったのが、『三酔人経綸問答』である。明治二十年に世に問われたこの書は、現在、岩波文庫で現代語訳つきで読むことができる兆民の主著である。もちろん、ルソー『社会契約論』を翻訳した作品や、喉頭癌を患った後に書かれた『一年有半』など、当時反響を呼んだ著作はある。しかし兆民の短編に垣間見える時代診察をもっとも体系的に語ったものとなると、この著作をやはり主著と呼ばざるを得ない。

著作には洋学紳士・豪傑君・南海先生の三人が登場し、前半を洋学紳士の独演、後半が豪傑君のそれ、そして最終部分で南海先生が両者の意見を総括するという構成をとっている。どこまでも「進化の神」を信じる洋学先生と、「外国征服」の必要性を訴える豪傑君の論理の対立はあきらかである。両者を仲介する立場の南海先生をふくめた三人のうち、どの説が兆民その人の「本音」なのかは、どうにでも忖度できるだろう。ここでの興味はそういった実証主義にはない。

著作全体をつうじて興味ひかれる論点はまったく別にあり、それは次の三つにまとめられるのだ。第一に、豪傑君の主張に兆民は驚くべき複雑な論理をしのびこませていた。日本という後発国家が西洋文明にふれると、二つの人間類型ができる、それを「昔なつかし」と「新しずき」と呼ぶことにしよう。後発国家の悲哀は、風習や感情まであらゆる価値の総入れ替えをする際の、この二つの人間精神の葛藤にある、兆民はそう考えた。日本という国家の内部に、まったく相容れない分裂した意識が起こり、その衝突がわが国の近代化そのものなのだ——そして豪傑君は、次のように語り始める。

批判すべき対象は、「昔なつかし」の連中だ。なぜなら彼らは、旧来の悲憤慷慨型の人間であり、フランス革命の歴史を読ませても、立法議会や国民公会ができたことには眼もくれず、ロベスピエールの暴虐に興奮をおぼえるような連中である。「如かず封建遺物の馬革旨義に易ふるに海外舶齎《はくせい》の民権旨義を以てせんには」というのが彼らの立場であり、「彼輩太《はなは》だ改革を好む、旧を棄てて新を謀ることを好むに非ざるなり、唯専ら改革することを好むなり、善悪倶《とも》に改革することを好むなり、破壊を好む、其勇に類するが故なり」（8巻二四四）。

最終的にルイ十六世を断頭台に送りこんだサン・ジュストなども、フランス革命の三・四年前にはきっと昔なつかし屋だったに違いないのだ（8巻二四五）。こうした精神構造の人間を国内に抱えたまま、「新しずき」との対立と衝突をくり返すことは是非とも避けなければならなかった。

「昔なつかし」を、明治二十年代にたいする「ガン」だと――まさしくここで兆民は時代を診る医者になっている！――指摘した豪傑君は、このガンを取り除くための究極の手段として、大陸進出を主張することになる。事実、兆民自身が、大陸進出をめざすグループ国民同盟会に名を連ね、幸徳秋水から「世当時問ふて曰く、国民同盟会は蓋し露国を討伐するを目的となす者、所謂帝国主義の団体也。先生の之に与する、自由平等の大義に戻る所なき乎」と批判されもしたのだ。

あたかも豪傑君自身のように兆民は振る舞ったのであり、その理由を兆民は「先生笑つて曰く、露国と戦はんと欲す、勝てば即ち大陸に雄張るして、以て東洋の平和を支持すべし、敗るれば即ち朝野困迫して国民初めて其迷夢より醒む可し。能く此機に乗ぜば、以て藩閥を剿滅し内政を改革することを得ん、亦可ならずや」（以上、幸徳『兆民先生行状記』二七）と、豪傑君の論理で説明したのであった。

以上、豪傑君の論理をまとめよう。

豪傑君の眼から診た時代診察は、国内における新旧衝突の危機と、「昔なつかし」＝守旧派の精神類型にひそむ暴力的、革命的気分への警戒感だった。その処方箋として、海外進出という激薬が書きこまれた。海外進出は、豪傑君のなかでは理論的かつ慎重に事柄をはこぶ「新しずき」の尊重と矛盾しない。それどころか、進歩派の順調な育成を助けるためにも、大陸への飛躍が特効薬だと主張されているのである。

こうした進歩主義への同情からする大陸進出という「矛盾《ジレンマ》」を明治思想史から摘出してこないかぎり、私たちは紋切り型のリベラル／保守反動の対立図式から逃れることはできない。明治二十年代は、国会から官僚機構まで国家体制の表面上の完成をみた時期であるが、その裏面には豪傑君の論理にあるような、あらたな課題＝ジレンマが浮上してきた時期でもあった。

7　第二第三の論点

ところで兆民は、豪傑君が期待をよせた理論的な開化主義者＝「新しずき」の心にも、「慎重」さを失う瞬間があることを見逃さなかった。

兆民は、「新しずき」の人にも、進歩の理論を慎重に現実に処方する側面と、理論に傾きすぎて現実から乖離し「時と場所」を忘れる、二つの精神パターンを取りだしてくるのである。これが『三酔人経綸問答』で注目すべき三つの論点の二番目にあたる。

たとえば洋学紳士の場合、西洋発の「進歩の理法」を絶対唯一の真理だとみなし、理想の実現を求める人物であった。たとえ人民が残虐な殺しあいを行い、血の海ができて革命が行われても、「進歩」は進んで行く。「嗚呼進化の理乎進化の理乎、汝素より温仁にして人を殺すことを嗜《たしな》む者に非ざるも、人情の激する所汝も亦奈何《いかん》ともすること無きなり」（8巻一九九）。豪傑君が指摘した封建時代とは正反対の精神類型であるにもかかわらず、進歩主義者もまた過激の徒になっている。そのことを、兆民は見逃さない。「新しずき」の人びとにもまた、過激化の危険をはらんでいたのである。

だとすれば、豪傑君と洋学紳士は、その見かけ上の対立にもかかわらず、同じ問題を見据え、また間違いを冒しかけている。時代に激薬を処方している。

かくして南海先生が登場してくるのだ、「進化神は天下の最も多情に多愛に多嗜《たし》に多欲なる者なり」（8巻二五八）。ここで「多」という言葉が頻出していることに注意すべきだ。進化の神は、時と場所をわきまえない理想主義者を嫌う。なぜなら現実世界は、多くの複雑な要素で成り立っているからだ。理想主義者は、この現実を直視しない。それでは流血の事態をまねくだけではないか。あるいは自ら好んで世界をわかりやすく説明するデマゴーグ＝独裁者を生みだし、自由を奪われるだけではないのか。

時代と、その国の歴史や地域性を無視して、理想＝真理を直接あてはめようとする洋学紳士の公式主義。一方で進歩主義を助けるために、大陸進出を厭わない豪傑君――どちらも危ういではないか、これが南海先生の主張である。

こうして、残された第三の論点は次のようになるだろう。

兆民は時代を診察し、豪傑君、洋学紳士がともに同じ過ちを犯す可能性を指摘した。

両者は、「大陸進出」と「進歩主義」という、異なる薬を時代に処方した。しかしどちらも激薬なのだ。だが南海先生の時代診察によれば、時代とは、多情と多愛に充ちた複雑きわまる何ものかだったのであり、決定的な処方箋など存在しない。

海外進出であれ、自由民権であれ、あるいは進歩の理法であれ、明治二十年代の日本が抱える問題を、決定的に治す特効薬などというものはない――この当たり前の事実が見失われるとき、すべてを一挙に変えようとする悲憤慷慨の革命思想が生まれる。あるいは、イデオロギーに現実がついてこないことへの攻撃的な気分が生まれる。その心に最終的に忍び寄るのが、ナポレオン・ボナパルトのような担ぎあげられたカリスマなのだ――南海先生＝中江兆民は、こう考えていたのである。

8 「浩然の気」とその帰結

通常、伊藤博文への激しい嫌悪感をあらわにした兆民は、反権力＝反明治政府の思想家であり、自由民権と革命を求めた人物であると考えられている。だが彼の発言に虚心に耳を傾けてみれば、経済における反自由主義、政治における過激化への警戒などが聞こえてきたのだった。これはつまり、兆民は「反近代」＝反自由市場主義ではあっても、「反権力」＝革命至上主義者ではなかったことを示している。

ここでは最後に、兆民の儒教的性格をみることで、彼の反近代主義的な立場を再確認しておこう。理想的な理論に目がくらみ、現実を直視することを避ける態度をやめよ。兆民はこう指摘しつづけた。多面的な性格をもつ現実が、自らの思うままにならないことに悲憤慷慨し、自由民権を革命だと主張することは間違いだ、兆民はこうも考えた。封建と文明の差は、ここに消滅している。兆民はこの手の精神状態を「乱民」と呼び、警戒感をあらわにした。「乱民」とは、過剰な人間のことである。すなわち「唯この世の中が一日紛擾壊乱して、街上に血を湛へ路頭に骨を横へ」る修羅場と化すことを望む気持ちである。

一方で、兆民は自らが理想と考える人間像に「勇民」と名づけた。彼らは一見、「乱民」と同様の進取の気性をもち、勇往敢為の少壮輩であった。だが「勇民」の精神の根本には、あの『孟子』の「浩然の気」がある、これこそ決定的に重要な違いだ、そう兆民は思った。

気概をもちながらも、時代に翻弄されたり興奮することのない人間像。この「勇民」がもつ道徳意識は、なぜ独善的な革命思想を免れられるのか。自らの善悪判断を、絶対の正義だと主張し悲憤慷慨しないですむのだろうか。

晩年、喉頭ガンを患い余命いくばくもないなかで書かれた文章『続一年有半』は、この問題への解答だ。兆民の「道徳」イメージは次のようなものだ。「自省の能」、すなわち今、自分が何をし何を発言し考えているかを反省する能力を、私たちはもっている。だがそれだけでは不充分だ。「道徳」は自己反省だけからは生まれない。他人との交渉で、何を、どこまでを正義とするかが決まる。それは「公論」によって決まるのだ。

〔…〕道徳は、正不正の意象と此自知の能とを基址として建立せられたるもので有る、啻《ただ》に主観的のみならず、客観的に於ても、即ち吾人の独り極《き》めでは無く、世人の目にも正不正の別が有て、而して又此自省の一能が有る為めに、正不正の判断が公論と成ることを得て、茲に以て道徳の根底が樹立するので有る（10巻二八八）

兆民は思った、「道徳」とは単なる主観的な正義感ではない。客観的＝世間の人びとと共有されることで、はじめて善悪の基準はできあがる。

だとすれば、善悪の根拠は、個人のなかに探すのではなく、周辺の環境や時代の慣習のなかでおのずからできあがるもの、という意味だろう。「故に吾人の目的を択ぶに於て、果《はたし》て意思の自由有りとすれば、そは何事を為すにも自由なりと言ふのでは無く、平生習ひ来つたものに決するの自由が有ると云ふに過ぎないので有る」（10巻二八六）。個人の道徳判断は、実はこれまでに積み重ねられてきた「良習慣」によって、形成されたものである。それは過去の人びとの行為の集積によってできた習慣のことだ。私たちは、他人からの影響なしに、善悪の判断などできっこないのだ――「若《も》し行為の理由即ち目的物に、少も他動の力が無くて、純然たる意思の自由に由て、行ひを制するものとすれば、平生の修養も、四囲の境遇も、時代の習気も、凡そ気を移し体を移す可き者は、皆力無きものと成り了《お》はるであろう」（10巻二八六）。

晩年、こうした道徳論を展開した兆民が、『社会契約論』を西洋近代の技術主義、功利主義への批判の書、革命のバイブルではなく「道徳論」として読んだのは当然であった。

フランスを参考に、より詳細に日本を診てみる。すると、封建的であれ最先端の思想を肯定する人であれ、革命や過激な独裁者を待望するような気分があった。

従来の生活環境が解体することは、自分自身の位置づけを不安定化し、存在基盤をつき崩す。それは「自分」自身の存在の解体にまで進んでしまう程の精神の危機を生みだし、あたかもカール・シュミットのいう「例外状況」のような雰囲気となったことであろう。その混乱の渦中で、どうすれば人びとが共通して納得できる正統性＝「つながり」の基盤をつくれるのか――「浩然の気」や「自省の能」、「良習慣」といった儒教的概念その他を駆使しつつ、兆民は時代と対決していた。不安定化を防ごうとした。

『社会契約論』その他の西洋哲学へのほとんど中毒的なまでの孤高の探求は、おそらく兆民自身の精神不安を背景に負っている。こうした無意識的な危機を感じないかぎり、人はフランスまで渡航し、哲学に沈潜し、漢学を修めなおすなどということはしない。つまり、東西の過去の「古典」をひもとこうとはしない。

だがこうした兆民の努力のたががはずれ、儒教的伝統の最良の部分が押し流されることで、時代はいっそう解体と混沌へと突きすすむ。その舞台には、わが国最初のロマン的な気分が充ちることになる。

註

▼1　筆者の立場を極論すれば、兆民その人の激情的性格と、彼の思想は峻別されるべきものだし、事実、峻別できるというものである。にもかかわらず、兆民への評価はまさにこの思想と性格の一致を強調し、人間兆民を反社会的かつ急進的思想家に祭りあげる方向へと突き進んだ。たとえば桑原武夫は、「彼はしばしば奇言をはいた。この奇言は奇行と無縁のものではもちろんなく、またこの奇言は奇想とつらなり」、「奇言奇行を無視して兆民の思想をとらええないことは明らかであろう」と評価したが、この解釈は奇抜な「行動」と「思想」を疑問なく一致させる典型であろう。さらに問題は、こうした桑原らの発言に楽天的な啓蒙精神を見いだし、批判することではない。こうした啓蒙的発想をした研究者が、兆民のルソー論を革命論として読んできたことが最大の問題なのである。後述するように、兆民は、

自らの過激な性格にもかかわらず、思想においては一貫して「英雄豪傑」型の人間に嫌悪を示し、明治中期の秩序再形成期に、静かに学問することを勧めた。ルソーの書物も革命書ではなく、秩序構成の書として読まれたのである。

第3章

北村透谷――「詩人」の登場とその挫折

かつて江藤淳は、人は詩人にも小説家にもなることができる、だが批評家になるとはどういうことかと言った。自身の仕事である「批評家」とはいったい何をめざし、何の意味があるのか。「詩人」との違いはどこにあるのか――江藤淳はこういう問いに襲われ、答えを求めて先輩にあたる批評家・小林秀雄を論じたのである（『小林秀雄』一九六一）。

ここで江藤が悩んでいる詩人と批評家の違いは重要である。なぜならロマン主義について考えている私たちにヒントをあたえてくれるからだ。結論を言ってしまうと、ロマン主義者は挫折した詩人であり、挫折した詩人こそ江藤の仕事＝批評家なのである。

この点については、後に詳しく述べよう。ここではまず批評家・小林秀雄が登場してきた時代状況を簡単に思いだしてみる。[1] 小林の言葉がもっとも輝きを放った時代は昭和戦前期だったが、この時期は「日本ロマン派」が文壇の主役を担っていたことに注意すべきである。日本ロマン派とは、保田與重郎や亀井勝一郎らによって主催された文藝運動であり、ドイツロマン主義の影響をつよく受けた文学者集団のことだ。太宰治や萩原朔太郎、伊東静雄などの小説家や詩人たちも一時期このグループに近づいたし、また戦後日本を代表する小説家・三島由紀夫も彼らの影響から出発した。

そうすると、本書第1章（三五頁）で引用した竹内好の指摘が、再浮上してくる。たとえば中国文学者の竹内は、次のような指摘をしていた。


「日本ロマン派」は、さかのぼれば啄木へと行き、さらに天心へも子規へも透谷へも行くのである。福沢諭吉だって例外ではない。日本の近代文学史におけるナショナリズムの伝統は、隠微な形ではあるが、あきらかに断続しながら存在しているのである。（「近代主義と民族の問題」一九〇）

小林秀雄の登場以前、明治期にもロマン主義の萌芽はあった。その名前のなかに「透谷」の名が刻まれている。二十五歳の若さで自ら命を絶った詩人にして批評家、それが北村透谷である。

1　北村透谷とは何者か

今日、北村透谷は忘れられている。

日ごろ、文学書に親しまない人ばかりではない。文学研究を志している人のあいだですら、彼の名前を聞くことは稀になった。▼2 漱石、鷗外の名は知っているだろう、島崎藤村や柳田國男も記憶の片隅でイメージできるかもしれない。だが透谷はイメージできない。島崎藤村らとともに、雑誌『文学界』をおこし、後に「柳田民俗学」を確立する松岡國男、さらに「自然主義文学」の名を後世に残した田山花袋らと交流のあった透谷。その彼は、與謝野晶子ら『明星』派の詩人とともに、近代日本文学史上、ロマン主義の筆頭に位置づけられている。彼は、十代にして自由民権運動への参加と挫折を経験した。中江兆民が警告を発していた事件の一つに、透谷は関係をもっている。

それは明治十八年、当時の自由党左派・大井憲太郎らが朝鮮革命を計画し未遂におわった「大阪事件」である。透谷は、大井の朝鮮革命資金獲得のための強盗事件に誘われたものの最後の場面で同調せず、以後、政治との関係を絶った。

そして民権運動をつうじて知りあった石坂昌孝の娘・石坂ミナとの激しい恋を生き、政治ではなく恋愛に人生のロマンを託した。またミナからの影響もあってキリスト教を受洗し、「生命」「インスピレーション」「第二の秘宮」などの言葉を駆使することで、時代の青年から熱狂的な支持をうけた。

中江兆民が、哲学や漢文に熱中し、最終的な自らの拠り所を「浩然の気」の活動的なイメージに見いだし、日本を診察する言葉を紡いだのと同じ役割を、透谷は果たすはずだった。だがしかし、「熱意とは何ぞや。感情の激甚に外ならざるなり」という奔流する気性と、「もし我にいかなる罪あるかを問はば、我は答ふる事を得ざるなり、然れども我は牢獄の中にあり」という出所不明の倦怠感がひとりの人間のなかに同居し、透谷自身をたえず動揺させていた。兆民にとっての哲学や漢文は、透谷にとって「安心立命」――福澤諭吉・山路愛山・高山樗牛がしばしばもちいた言葉――の糧とはならなかったわけだ。

しかしもっと注目すべきことがある。この相容れない気分の分裂と葛藤が、「近代日本」そのもののの姿でもあったことである。当時の日本という国家の本質を、透谷の生涯が預言してしまったのだ。

わずか二十五年の生涯はきわめてドラマチックで、しかも眼を覆いたくなるほど繊細なものである。しかも彼の呼吸は時代の陰翳を深く吸いこんでいる。ここでは、透谷の最初の自費出版戯曲『蓬萊曲』を紹介することから始めよう。わが国で、昭和戦前期に咲き乱れるロマン的心情の萌芽が、ここにある。

2　戯曲『蓬萊曲』

戯曲の舞台、蓬萊山は古来より「詩人」にインスピレーションをあたえる霊峰である。「わが心、千々に砕くるこの夕暮れ」と人格上の崩壊の危機をいだきながら、主人公・柳田素雄は、山麓の森のなかを彷徨っている。琵琶をもった主人公は都をはなれた旅装であり、今は死者となった恋人の面影をもとめてここまで歩いてきたのだった。人の世のすべては疑わしく、そしてくだらないと素雄は考えてきた。にもかかわらず、執着を棄てることは難しく、今まで穴倉のような社会の片隅で、生きることに苦悶してきた。そしてここ蓬萊山の周囲をめぐるうちに、「死こそ帰ると同じ喜びなれ」という気分が身を浸してくる。この世をはなれ、死に別れた恋人に少しでも近づける以上、「死」は魅惑的なにおいを放っているように思えた（以上1巻六三）。

その素雄を慰め、死への誘惑からつかの間の慰めへと目覚めさせるもの、つまりは現世の嫌悪感から一時自分を救いだしてくれるもの、それが「琵琶」＝音楽だった。琵琶をまじまじと見ながら素雄はこう思った、「これなるかな、これなるかな、この琵琶よ／いつしも変わらぬわが友は／朽ち行き、廃れはつる味気《あじき》無き世に／ほろびの身、塵の身を、あはれと／音《ね》に慰《なぐさ》むるもの」。

この琵琶よ！　この琵琶よ！
夜鴉《よがらす》苦《くる》しく枯《かれ》梢《え》に叫ぶ夜《よ》半《は》も、
鳴血鳥《ちなくとり》窓《まど》を掠《かす》めて飛行く時《をり》も、
汝《いまし》をたのみて、調《てう》乱れながら、
わが魂《たま》の手を盡して奏《かな》でぬれば
忽如現世《たちまちげんせ》も真如のひかり！　（1巻七五）

すると、この誰ひとりいない蓬莱山周辺の野原に、琵琶にあわせるかのように歌声が響いてくる。その声の主が、死の世界の住人である恋人の声であることに素雄は驚く。露姫！露姫！と幾度となく呼びかける素雄をよそに、女は従者にうながされ、消えてゆく。自らの思いをこめた琵琶の音が、結局は死の世界とつながることができなかった怒りから、素雄は琵琶を振りあげ破壊しようとする。が、荒野に異様な轟音がひびきわたると躊躇い、琵琶を破壊することを断念した。

場面は、漆黒の支配する夜に転じる。暗闇のなかで素雄が出会わねばならなかったもの、何も見えないが故に見なければならぬもの、それは自分という不透明な存在であった。「このおのれてふ物思はするもの、このおのれてふあやしきもの、このおのれてふ満ち足らはぬがちなるものを捨て去なんこそかたけれ」（1巻八九）。

自分という存在から脱出することは難しい。夜の闇で何も見えないからこそ、あらゆる社会的な価値＝ペルソナに満足できない「おのれ」に直面せねばならない。こういう地点に、素雄は追いこまれてゆく。自由も、希望も、哲学すら、いっさいのこの世の価値はみな偶像ではないか。どの価値を選択しようとも「まことの安慰」からは程遠いではないか（1巻九二）。

ただ唯一、空虚な「おのれ」を満足させてくれるものがあるとすれば、それは露姫との「恋」であったに違いない。だが現世の恋は破れ、恋＝死の世界へと入ることを意味してしまう。これが素雄を苛立たせ、琵琶＝音楽の力への期待と失望のあいだで逡巡させている。

いよいよ場面は蓬萊山山頂へと移る。

夜の闇から抜けだしたものの、厭世の気分は変わらない。本来、琵琶を弾けばこの世には「真如の光」が輝き、死んだ恋人すらもが現れるべきであった。だが今や、真実はこの世に出現せず、死の世界から恋人は帰ってこない。この戯曲のクライマックスは、次のような大魔王と素雄との激しいやり取りである。夜の世界と蓬萊山、両方を支配する大魔王は素雄の類まれな才能に惚れこみ、次のように言う。

大魔王、　さてもさても怪しき漢《をのこ》かな、
　　　　　語れよ、語れよ、息まで語れよ。
素、　　　おもへがわが内には、かならず和らがぬ両《ふた》
　　　　　つの性《さが》あるらし、ひとつは神性《かみ》、ひとつ
　　　　　は人性《ひと》、このふたつはわが内に、

小休《こやみ》なき戦ひをなして、わが死ぬ生命《いのち》の盡《つ》くる時まで、われを悩ませ疲《つか》らせ悩ますらん。
つらくわが身の過《まじ》去《すぎこしかた》を思ひ回《かへ》せば、光と暗とが入り交《まじ》りてわが内に、われと共に成育《おひたち》て、
このふたつのもの、たがひに主権《しゅけん》を争ひつつ、屈竟《くつきゅう》の武器を装《よそほ》ひて、いつはつべしとも知らぬ長き恨《うらみ》を醸《かも》しつつあるなり。（1巻一四一～一四二　改行原文ママ）

素雄は思った、自分は内部に分裂を抱えている。ひとつは神のように完全な存在であるという感覚であり、もうひとつが限界を抱えた人間という存在だ。それは光と闇が入り混じりながら葛藤しているようなものだ、いつおわるとも知れない戦いをしているようなものだ、と。

この分裂した心の告白を聞いた大魔王は、素雄の悩みを解決してあげようと叫び、山頂から下界を眺望せよといって消えてしまった。不思議に思いながら、見おろしてみると、はるか下界の「都」が一面の劫火に焼けただれ、住み慣れた「むかしの家」が灰燼に帰すのが見えるではないか。

素雄は叫んだ、決して帰るまいと宣言はしたものの「故郷」が灰となるとはいったい何ごとか。白鬼、黒鬼が狂気して踊る炎のなかで、すべては失われようとしている。そのとき大魔王は哄笑し言い放った、「神として尊崇《あがむ》るもの此世にては早や／権《ちから》なきを知らずや」（1巻一四八）。

神は死んだ、それは自らの帰るべき故郷を否定＝焼き尽くすという意味だ。そして大魔王こそが、今や地上の権力を神に代わって握ったのだ。なぜその俺に、おまえはひれ伏さないのか。自分の支配下で働き、さらにこの世を破壊・錯乱させてみないか――。

　この大魔王からの悪のささやきに、素雄は同調することができなかった。だから素雄は思った、自らの「行く可きところはいづこぞ？」。「世よ、わが行きて住むべき家ありや」（1巻一五四）。すでに現実世界の自由、希望、哲学そのほか、あらゆる価値は素雄を満足させてくれない。しかも破壊と混乱で世界を焼きつくす大魔王に同調することも、私にはできない――どこへ行けばよいのか、どこにも「わが家」はないではないか。

　こんなふうに自らの宿命を悟ったとき、素雄のもとへ、ふたたび琵琶が届けられた。だが大魔王との葛藤をへた今、琵琶は素雄を慰めない。死の世界の恋人との架け橋になる可能性、世界を荘厳してくれる可能性は、もはやあるとは思えなかった。「琵琶よ、わが乱るる胸は汝《いまし》が慰籍《なぐさめ》の界《さかひ》を踰えて……果《はて》なし」。音楽では救えない地点にまで私は来てしまった、こう素雄は思った。山頂から琵琶を投げ捨てるしかないのだ。投げ降ろした琵琶は、風にひるがえり音を響かせながら、烈火にむせぶ地上へと、飛鳥のごとく舞い降りていった……。

3　透谷と兆民

　ふつう、所属先が自明である人間にとって、ロマン主義的心性は生まれない。だからいつの時代であれ、ロマン主義が登場する背景には、従来の秩序への反逆意識か、あるいは逆に放りだされたという漂泊・彷徨の意識が前提される。そして日本思想史におけるロマン主義＝反近代主義の名は、後者にのみあたえられるべきだ。どういうことか、説明が必要だろう。

前者は、近代的なるものに反旗を翻し個性を主張する、強い意味での「反」近代主義（反逆意識）である――「すなわち思慮し得る因果性の強制の否定であり、なおまたあらゆる規範への拘束の否定なのだ。これは解体的な概念である」（シュミット『政治的ロマン主義』二〇）。だがこの反逆意識は、近代日本の思想空間では、兆民が批判してやまなかった封建的心性＝悲憤慷慨意識がその「代役」をはたしていた。

悲憤慷慨の「反」近代主義は、「前」時代の支配的な価値意識を身に帯びていることから生じる。それは新時代への生理的嫌悪のことだ。自らの所属への疑いや批判意識とは無縁であり、既存の価値への防衛意識から生じた反抗の気分なのだ。維新を生みだした爆発的な封建的エートスは、その衣装を「武士」から「自由民権」に変えたとしても、心境それ自体は変化していない（「前」近代の心情的継続）。彼らの自己懐疑をふくまない言葉は、往々にしてスローガンになりがちであることを、兆民は警戒していたはずだ（第2章参照）。そこにはロマン主義の特徴＝「個人的に解体された社会」（シュミット）という感覚は欠如しているのだ。

一方後者は、急速な価値の瓦解に直面し、確かなものを見失って空虚な自分に戸惑う場合である（漂泊意識）。漂泊意識から生まれる「反」近代主義は、「何者でもない」という自我の真空状態なのだ――「彼は自分自身の重心を持っておらず、具体的な経験や自己の責任に拘束されなかったから、或る考え方に心を動かされるとその考え方の論理を追って、その考え方の打出す主張の最も極端な形にまで簡単に行ってしまうのだった」（シュミット『政治的ロマン主義』一五四）。

これこそが北村透谷を襲ったロマン的気分であり、現実が生々しい不定形な姿を露わにし、その露出した世界に今一度「言葉」をあたえたい、「言葉」で世界と自分との関係を取り戻したい——近代日本のロマン主義が、文藝運動へと結びつく必然性はここにあった。[3]

4 「詩人」不在の時代

透谷が「北村透谷」として、後世に名を残すことになる以前の作品、それが『蓬莱曲』であった。ここに透谷の批評気質＝ロマン主義のすべてが集約されている。兆民は哲学を手がかりに、世界と自己を橋渡ししようとした。自分の武器は詩と批評——すなわち文藝——にしかない、透谷はそう考えた。

自らの内部には、あきらかに二つに分裂した意識がある。

たとえば『富嶽の詩神を思ふ』を書いているときには、「人麿赤人より降つて、西行芭蕉の徒、この詩神と逍遙するが爲に、富嶽の周辺を往返して、形《けい》なく像《ざう》なき記念碑を空中に構設しはじめたり」としか思えなかった。日本の文学史を見よ、古くは柿本人麻呂から西行・芭蕉にいたるまで詩人たちがいるではないか。彼らは、富士山の周囲を彷徨し、言葉の世界を構築してきたではないか——「詩神去らず、この國なほ愛すべし。詩神去らず、人間なほ味あり」（2巻一〇二）。

自らもこの系譜につらなりたい、いやなれるはずだと透谷は思っている。詩の神が住んでいる国、そして詩の神が西行や芭蕉のように、生身の人間となって遣わされているこの国に、透谷は希望をもった。あたかも現実世界の上空には大きな琴が懸かっていて、それにふれた者が詩人になり、日本の国土に降り立つわけだ。「無絃の大琴懸けて宇宙の中央にあり。万物の情、万物の心、悉くこの大琴に触れざるはなく、悉くこの大琴の音とならざるはなし」（2巻三一四）。

だがすでに見たように、この希望は当初から挫折している、それを描いたのが『蓬莱曲』であった。

改めて『蓬莱曲』で注目すべき点は、次の四つである。

第一に、主人公・柳田素雄が「琵琶」を下界へ放りだしたこと。第二に、最後に琵琶を放りだす以前、素雄は自由や希望など現実世界の価値観を否定し、「夜」の世界に入りこんでいたこと。第三に、「夜」の世界で素雄が発見したのは空虚な「おのれ」であり、その自分は「神性」と「人性」に分裂していたこと。四つ目は、大魔王が「故郷」「真実」を否定し、破壊と無秩序を肯定する姿を、最終的に素雄は嫌悪していること。以上の四点だ。

「詩人」とは、時代と自らが完全に調和している人間をさす。神と人とのあいだに分裂がない時代、あたかも神々のように人間が違和感なく世界を理解していた時代、それが詩人の時代である。だが透谷はロマン主義者の典型らしく、自らが完全な詩人ではありえないことに気づいていた。当初、琵琶＝音楽＝詩によって、ふたたび恋人との完全な調和を取り戻せると思っていた素雄は、最後には琵琶を投げ捨てたからだ。

断弦の瞬間があった、つまり素雄＝透谷からは永遠に詩人の調和は奪われている。過去にあった調和が失われているという意識、一種の下降史観＝古代と近代との断絶の意識が、透谷を襲っていた。

では琵琶を投げ捨てるまでの素雄はどうだったか、それが第二・第三の論点にかかわる。自由や希望その他、社会で信じられてきた価値＝規範は、もやは自明ではない。では世間的価値を批判する自分、その自分自身は信じるに値するのか。それほど「正しい」ものなのだろうか。そう思ったとき、「夜」の世界で見えてきたのは、「神性」と「人性」に分裂した自分、何者でもない「おのれ」という存在だった。「このおのれてふ満ち足らはぬがちなるものを捨てて去なんこそかたけれ」。世界だけではない、自分自身もはっきりと定義することができない、「彼は自分自身の重心」をもっていないのだ。

5　錬金術とノヴァーリス

ここでもう一度、ドイツロマン主義を思いだそう。

ロマン主義の特徴については、すでに第1章で述べた通りだ。カール・シュミットの定義を参考にロマン主義のもつ外向／内向、テロル／自閉的性格、つまり「矛盾《ジレンマ》」する性格については、すでに説明した。

ではそもそも、「矛盾」する以前はどんな時代だったのか。ロマン主義者があこがれる、「理想」と「調和」に充ちた時代とはどんな時代だったのか。ロマン主義者はそれを「太古」と「錬金術」という概念で次のように説明した。すなわち彼らにとって、「神話」時代＝太古と「近代」はそれぞれ、次のような時代だと思えた――宇宙と人間が、神と人がつながっていた時代、ギリシア時代のピュタゴラスが、あらゆるものを数学と音楽＝調和が支配していると考えた時代、これが太古である。

だがそれは過ぎ去った。近代では宇宙と人間は断絶し、詩人は不在となった。では、あの美しい日々は、もう帰ってこないのか。私たち人間は琵琶をふたたび手にできないのか。この主題はアラビアで始まり、その後ヨーロッパに秘儀的に輸入された錬金術と、それに魅せられたドイツロマン派の中心人物、ノヴァーリスに見いだすことができる。

錬金術、それは詩人不在のこの地上で、地上のあらゆる醜悪な物質をもちいて「金」＝かつての調和の象徴を再現しようという企てに他ならない。一度捨てられた琵琶を、この世の材料をもちいてつくり直し、それによって地上に今一度、音色を、調和を取り戻そうというのだ。「いいかえれば、天界の調和を地界＝元素世界でなんとか実現しようというのが、錬金術に他ならない」。「錬金術では、地界は調和が崩れた状態にあり、〈救済〉を必要としているとみなす。錬金術師は物質を救済し、みずからの魂も救済することが仕事なのだ」（西垣通『麗人伝説』）。

そしてダイヤモンドなどの宝石の輝きこそ、地上で再現された太古の名残、理想時代の再現なのだ。ドイツロマン主義絶頂期の詩人であり小説家でもあったノヴァーリスが、同時に鉱山技術者でもあったことに注目すべきだ。ロマン主義者がしめした時代への処方箋＝お薬をみてとることができるからだ。地中ふかく眠る沈金のかがやき、宝石のきらめきは失われた天地調和の名残のひとしずくである。

陽光に乱反射する固いこの存在物のような「言葉」はできないか。私たち堕落した時代の人間の手によってなる文藝が、一粒の宝石たりえないか……。十六世紀ヨーロッパ思想史にまでさかのぼる問題意識のかたわらに、北村透谷は単独でたどりついているのだ。われわれは後に、透谷や岡倉天心あるいは萩原朔太郎など、日本人なりの錬金術＝時代を超克するための処方箋を聞くことになるだろう。

ところで、この時点においての透谷は、自我は千々に乱れ、何ひとつ確実な根拠をもっていなかった。大魔王に「故郷」に火をかけられた素雄はその典型なのであって、帰るべき場所を奪われ、地上には音色がない。明治二十七年、日清戦争が始まる年に自ら命を絶った透谷以後、三十年代のわが国を支配するのは、明治政府による国家体制の確立と歩調をあわせるように、さらに溶解していく、「おのれ」であった。

たとえば、明治三十五年の文壇をふり返った石川啄木が「論文壇は比較的寂寞として居る。第一に才人樗牛が病気軽からざる由で、太陽誌上に彼の高華壮麗の論文が出来なかつたのである〔…〕彼がニイチェに関しての宣言の如き、如何に彼が面目を躍如せしむる事であろうぞ」（「五月乃文壇」4巻一三）と賛辞をおしまなかった高山樗牛は、「要するに自己てふ観念ある間は吾人は現世現身の有限有碍なるを忘るる能はざる也」と、「おのれ」の存在それ自身への困惑を終生口にした（「戯曲に於ける悲哀の快感を論ず」）。

透谷や樗牛の言葉は、日清戦争以後の、明治三十年代の青年に熱狂的な支持をもって迎えられた。二人の悪戦苦闘と挫折に、明治の若い心が共振した。

日清戦争から日露戦争にいたる十年の月日は、わが国の青年層に深刻な精神的停滞をもたらしていた。植民地化の危機を脱しつつある帝国日本の繁栄と栄光は、青年たちにとって身近なものではなくなっていた。自分の国家にたいする所属意識はうすれた。この時期、「おのれ」は自分自身のなかをのぞきこむことに関心を集中させた。心の奥深くに眼を凝らしてみる、すると見えてきたのは、急速に近代化する「近代日本」に傷つく自分自身の姿だった。それを透谷は戯曲『蓬萊曲』に、きわめて早熟な筆致で描いた。柳田素雄は、自分自身の分身のつもりで書いたのである。

さらに高山樗牛が、日本主義→ニーチェ主義→日蓮主義へと性急に「安心」の根拠を求め、挫折してゆくとき、彼の文章＝精神ドラマの実況中継は、啄木ら後続の青年たちをはげしく酔わせた。樗牛が肺結核に命を落とした姿は、また当時の青年自身の等身大の姿でもあったのである。

6 解体する自我と国家

だがしかし、こうした二人の悲劇を描写するだけでは、明治中期の繊細なロマン主義者の不幸を語っただけにすぎない。

重要なのは、わが国のロマン主義が、ほとんど本能的に自身の「不幸な意識」（ヘーゲル）を鏡に、日本という国家の苦悩を映しだしたことにあった。分裂しているのは「おのれ」ばかりではなかった。日本という国家も傷つき、分裂を抱えていたのだ。「吾人の見る所を以てすれば文明とは鉄と石炭の利用の謂のみに非ざる也〔…〕苟も吾人の霊性に確実なる慰安と豊富なる希望とを與ふるものに非ずむば一切の道教学智吾人に於て何為ものぞ」（「現代思想界に対する吾人の要求」）という高山樗牛の嘆きは、近代日本も抱えた悲劇の、きわめて拙い表現であった。

そして透谷や樗牛の文章を読みこみ格闘しながら、一九〇〇年＝明治三十三年こそ「近代日本」の決定的瞬間だ、課題の集約点だと確信した思想家がいた。政治思想史家・橋川文三である。日本のロマン主義を自身、深く実体験し、心に傷を抱えていた橋川は、ある日、次のような事実に気がつく。

明治三十年代、あえて限定すれば明治三十三年に、後の「昭和維新運動」や「日本ロマン派」を生みだす源流があるのではないか。近代日本の矛盾《ジレンマ》は明治三十三年ごろに噴出し、次第に無視できないものとなり、最終的に矛盾《ジレンマ》を変えていこうとする気分＝昭和維新運動が起きたのではないか。要するに、日本人による錬金術＝太古の調和を一気に取りもどそうとする革命運動が生まれたのではないか――ここに国家への無関心を決め込んでいた「おのれ」の苦悩と、国家の困難が、はからずもむすびつくのだ。

たとえば高山樗牛という一人の繊細な人物の死が、近代国家日本のその後の悲劇を予感させる、橋川文三はこう直感した――「世界の前に、まだいくらかうぶな少年帝国主義国家として登場せざるをえなくされた日本は、その帝国主義世界の外延の果しないひろがりに面して、一種の分裂症的な眩惑にとらわれていたかのように見える」（橋川『昭和維新試論』六四）。樗牛だけではない、この時代状況で浮遊する青年の心もまた「分裂」している、橋川はそう思った。

〔…〕新世紀の序幕はまさにかくのごとくにして開かれた。懐疑煩悶、苦悩憂鬱、一方においては失望的で、現世的で、肉欲的であると同時に、他面において希望的で、向上的で、厳正主義で、その間にまだ統一と秩序と中正とを見出しえない（橋川『昭和維新試論』七九）。

一人の人間が抱えた近代への疑惑は、国家自身も背負わねばならぬ課題だったのだ。日本もまた、西洋文明の激しい輸入の過程で「確実なる慰安」を失い、分裂的な目眩を感じている、頽廃と厳粛な気分が同居している――ではこうした症状への特効薬はあるのだろうか。どのような薬を処方すれば、この国の目眩は治るのか。錬金術師はいったい誰なのか。

「おのれ」と国家に共通する、この激しいジレンマに解決方法＝処方箋をだした「言葉」はいくつかある。ここでは岡倉天心、小林秀雄、萩原朔太郎の三人について、簡単にふれておこう。その後で、北村透谷の最終結論を見ることにする。

たとえば、美術史家として孤高の歩みをたどった岡倉天心は、「アジアは一つである」という強烈な理念をかかげた。美学によって、近代化＝西洋文明に対抗しようと思ったのである。「たしかにアジアは、時間を貪り食らう交通機関のはげしい喜びはなにも知らない。だがしかし、アジアは、いまなお、巡礼や行脚僧という、はるかにいっそう深い旅の文化を持っているのである。すなわち、村の主婦にその糧を乞い、あるいは夕暮れの樹下に座して土地の農夫と談笑喫煙するインドの行者こそは、真の旅人だからである」（岡倉『茶の本』二〇五）。

地平線に沈む夕日に照らされたインドの人びと、悠久の時のながれに逆らうことなく生きる彼らの生のリズムに、天心はアジアの典型的な姿をみとめ、それを西洋文明に対置している。ここで天心が、近代化の象徴を交通機関にみている点は重要である。交通とは、人びとの移動と拡散がすさまじい勢いで広がることを意味する。その特徴は、金融資本主義＝帝国主義の時代（アーレント）にピタリ一致するものだ。

よって「アジアは一つ」という標語で主張しているのは、「移動」と「拡散」とは反対の理念である。つまり、土地の農夫と談笑喫煙する範囲内でくり返される一定のリズム＝「くらし」をよしとする「定住」という処方箋なのである。

だが、その草深いアジアの息吹は、今の日本にあるのだろうか――天心の頭を不安がよぎった。日本は、ひとつのアジアという理念に「当然」入っていると言えるのか。むしろ事態はその逆で、わが「日本でさえも、明治時代の錯綜したかせ糸の乱れの中にあって、それ自身の未来への端緒を与えるような一本の糸を見出すことができないでいる」（岡倉『茶の本』二〇八）。二十五歳で東京芸術学校の学長になった天心には、美術の世界で日本の近代化を押し進めている自覚があった。だが同時に、そのことへの疑問も脳裏をはなれなかった。不可避の近代化に加担しつつ、しかし急激な変化に違和感を禁じ得ない（故郷離脱と望郷の二律背反！）。

この分裂した自意識は、日本という国家そのものではないか。「東洋であり、かつない／西洋であり、かつない」――このように引き裂かれた分裂的な目眩に襲われた天心が求めたのは、「アジアは一つ」というロマン的錬金術であった。それは「究極普遍的なるものを求める」気分であって、「愛」とも言いかえられるものだ。移動と拡散は、人に刺激をあたえつづけてやまない。つまり変化の連続であって、それでは普遍的なもの、永遠の音色とかがやきはどこにもない。

一方で、アジアの生活のリズムと背後から支えている普遍的なもの、それが西洋文明と、西洋文明に冒された近代日本双方を批判的に乗りこえる錬金術＝特効薬だったのだ。天心のこの思想を、「かつてあった完全なる球形が、無数の断片となって世界へと広がる。不二一元論は、その失われた球形を取り戻そうとする存在の衝動」だと指摘した思想家は、このとき天心とともに、まさしくロマン主義の傍らに身を置いている（若松英輔『「茶の本」を読む』五～六）。あたかも音楽と錬金術に魅惑されたドイツロマン主義者のような、天空の調和への願望が、ここにはある。

7　小林と朔太郎、そして「批評」の誕生

さらに天心から時代を下り、昭和初期の思想風景にまで視野を広げてみよう。ロマン的心情が、原則的に近代否定＝下降史観である以上、近代日本の腐敗臭はいっそう顕在化しているはずだ。たとえば後に、透谷の問題意識を共有する二人の人物が現れている。小林秀雄と萩原朔太郎である。ふつう私たちは、小林は「批評家」であり朔太郎は「詩人」だと思っている。だがしかし、透谷の『蓬萊曲』を読んでくると、彼らがきわめて同じ気質の持ち主であること、すなわち近代社会では、批評家＝詩人でしかありえないことに気がつく。

具体例をあげよう。たとえば小林は、「様々なる意匠」などを書きながら次のように考えていた。当時、小林を激しくとらえていたのは、ランボーやボードレールなどのフランス象徴派の詩人たちであった。彼らは詩人であるにもかかわらず、その作品は神性と人性の調和とは無縁のものであった。彼らの詩は音楽とは似て非なる次のような特徴をもっていると、若き日の小林は思った。

彼等が捉えた、或は捉え得たと信じた心の一状態は、音楽の如く律動して、確定した言葉をもっては表現出来ないものであった。各自独立した言葉の諸影像が、互に錯交して初めて喚起され得るが如きものであつた。然し音楽は、最も厳正に規定された楽器を通じて現れる。[…]音の純粋は、言葉の猥雑朦朧たる無限の変貌に較ぶべくもない。(「様々なる意匠」1巻一四九)

フランスの詩人ボードレールにとって、最大の課題とは何か。それは音楽と言葉の違いだった。言葉には、どうしても世界を腑分けし、確定しようとする欲望がある。詩は絶対に鶯の歌と同じではない。どうしても眼の前の世界を整理し、意味づけてしまうのだ。「かかる時ボオドレエルに課せられた問題はあらゆる思索家の問題である。即ち認識というものに他ならぬ」(「悪の華一面」1巻一二六)。

一方で、律動する世界をそのまま表現できるのが音楽だ。しかも音楽は、無秩序とイコールではない、「音楽は、最も厳正に規定された楽器を通じて現れる」。世界は混沌であり、一人ひとりの陰影をもって世界は無限に乱反射している。にもかかわらず、音楽はそれをリズミカルに映しだす。だとすれば、言葉にも音楽と同じことは可能か、言葉が無秩序をそのまま表現することは可能か——これがボードレールら、象徴派詩人が格闘した課題だったのだ。

だから小林はこう思った、「霊感という様なものは、誠実な芸術家の拒絶する処であろう。彼等の仕事は飽く迄も意識的な活動」なのだ、と。「詩人は己れの詩作を観察しつつ詩作しなければなるまい」(「様々なる意匠」1巻一五一)と。

「意識的」「観察」という言葉に注目すべきだ。つまり小林秀雄＝ボードレールは、透谷が憧れた調和にみちた詩人ではない。またアジアに普遍的なるもの、すべてを愛で包みこむ光を夢見た錬金術師・岡倉天心でもない。あたかも『蓬莱曲』の柳田素雄のように、象徴派の詩人ボードレールは、純粋にうたを歌うことに挫折している。「猥雑朦朧たる無限の変貌」をくり返すこの世界と、どこまでも分裂を抱え続けるこの「おのれ」。終着点がないこの混乱こそ、世界と「おのれ」のそのままの姿である。

　混乱を混乱のまま「言葉」にしようとするとき、ボードレールは、批評を抱えた「詩人」になったわけだ。[4]

　さらに萩原朔太郎も、同じ問題に直面していた。『新しき欲情』に朔太郎はこう書きつける、「つまり言へばボードレールのやうな生活は、一つの人格に於て調和しない二重映像の交錯である。彼の一方の映像（叙情詩人としての映像）は、他の一方の映像（散文詩人としての映像）のために、いつも皮肉な風刺と嘲笑を受け、その自由な霊魂の高く宙宇《ママ》に飛翔しようとする希望を抑圧されてゐる」と（萩原「絶望からの逃走」六六〜六七）。[5] フランスの詩人の言葉を飲みくだすことで、二人の日本人が「近代日本」を正確にとらえていたことがわかる。

　こうして小林と朔太郎、透谷がロマン主義的心性のもとへと身を寄せている事実が、はっきりと証明されたはずだ。神性／人性、詩人／批評家といった対立する矛盾をそのまま抱きしめて「生きる」。それは琵琶＝音楽のもつリズムを手から滑り落とした悲劇時代の人間である。夢をみるには醒めきっている、だが現実世界をにぎわせている名誉、地位、功利主義にも嫌悪を禁じることができない。さらに言えば、世間の価値＝規範を冷眼視している「おのれ」自身の感情にすら、根拠は置けない――。

8　文明批評という処方箋

さてしかし、透谷の場合『蓬萊曲』を書きながら、ロマン的自我からの脱出方法は二つしかないと思っていた。ひとつ目は、琵琶を奏でることで詩人の世界を取りもどすことである。それはちょうど、岡倉天心の「アジアは一つ」と同じ美的理念であった。だが琵琶はすでに放り投げてしまった。それは従来の世界観＝物事を見る際の視点＝支点を投げ捨て、未だ何も手にしていないという意味である。もう既存の尺度では、この世界を把握することはできない。

だとすれば残された道は、混沌と解体の世界に身を委ねてしまうことだ。それこそが、『蓬萊曲』で大魔王が提案したことだったはずである。だが透谷＝主人公・柳田素雄は、これにも与《くみ》することができなかった。

では、どうするのか――医者にたとえれば、複数の処方箋を前にして、困惑するこの状況をどう打破し、適切な薬で手当をするのか。透谷の次の発言を見てみよう――「然れども吾人もし徒らに現実を軽んじて、只管空理空論に耽ることあらば、人間として何の価値あるを知らざるべし」。

時代精神に呑みこまれることなく、現実を直視せよ。だがそれはとても困難なことだ――「空想に耳を傾くるは、今日を忘れ又た明日をも忘れんとするにて、人間として戦ふべき戦場を逃出でんとする卑怯武士に過ぎず」（「想像と空想」2巻一三三）。混沌とした現実に空論＝ありきたりの「正しさ」で蓋をして、理解できたなどというのは卑怯な武士となんら変わらない。

中江兆民が悲憤慷慨の人びとを、たとえ自由民権で理論武装してもなお危険である、と指摘したのと同じ嗅覚を、ここでの透谷はもっているわけだ。理想を絶叫している輩は「卑怯武士に過ぎ」ない。理想の虜《とりこ》にならずに現実を直視せよ、とこの二人の明治人は言っているわけだ。時代を俯瞰する自由をもち、しかも時代に絶望せず興味を失わない――ロマン主義者透谷がたどりついたのは、そういう地点であった。現実の錯乱と混沌を、そのまま鏡に映すように「言葉」にするとき、ロマン派の透谷は文明批評家になる。個人的な苦悩と、近代日本が抱える困難はここに一致するからだ。

実際、透谷には次のような衝撃的な体験があった――ある夕暮れどきのことである。銀座を歩きながら、三十間堀川にかかる橋の上にでてみる。都心の熱気もここでは少しだけ和らぎ、水面には生活の営みが生む光がゆらめいていた。ともに散策していた友人と、街の風景について語りあった。洋風の家、昔からの和風の家だけではない、半分だけ洋風にしている家もある。路地に眼を移してみよう、そこは和服、洋服、背広、紋付を着た人びとが行き交う姿がみえる。ステッキを手に道ゆくもの、洋傘をさし、風呂敷をさげ、カバンを抱えて走りすぎるものもいる……。

人びとの趣味はバラバラではないか。にもかかわらず、人びとは各自の嗜好に分裂したまま、違和感もなく生を営んでいる――透谷を突然、襲う何ものかがあった。この違和感は何か、何が私をこれほどまでに苛立たせるのか、「われ憮然として嘆ず、今の時代に沈厳高調なる詩歌なきは之を以てにあらずや」(「漫罵」2巻三二四)。本来、世のなかを動かす「革命」には二つの価値観の激しい激突がなければならない。精神における神性/人性との葛藤、国家における東洋/西洋のあいだの分裂を直視すること、それが革命という言葉の意味である。だとすれば、革命には批評性が必要ではないか。

分裂を直視することで革命は可能になる。にもかかわらず、今の日本は時代の激流に流され暴力的に騒ぐことを革命だと思っている、だがそれは単に「外部の刺激に動かされて来りしものなり。革命にあらず、移動なり」（2巻三二四）。

また透谷は思った、ではなぜこんな事態に陥ったのか。それは国家の一員としての共通の感情がないからだ、「彼等の中に一国としての共通の感情あらず」。人びとの服装に表れた統一性の欠如、共通性のなさは、国家の状態をよく表している。バラバラの砂粒化が進んでいるのだ。

> 今の時代は物質的の革命によりて、その精神を奪われつつあるなり。その革命は内部に於て相容れざる分子の撞突より来りしにあらず。[…] その本来の道義は薄弱にして、以て彼等を縛するに足らず、その新来の道義は根帯を生ずるに至らず、（2巻三二四）。

旧来の道徳は廃れ、一方であたらしい道徳は根づいていない。今の時代、人びとはバラバラに個人的嗜好に淫している。それを象徴するのが、言葉の使われ方だと透谷は思った。時代の病は、言葉の使い方にはっきりと症状を表している。

今、言葉は、娯楽のための探偵小説か「然らざれば大言壮語して、以て彼等の胆を破らざる可らず」。あるいは「然らざれば平凡なる真理と普通なる道義を繰返して、彼等の心を飽かしめざるべからず」。日本社会に流通している言葉は、身振りも大げさに人びとを陽動することに奉仕している。あるいは、「平凡なる真理」を、すべての人びとに妥当する「正しさ」だと言って、一時的な慰謝と快楽をあたえている。言いかえれば、政治的スローガンや通俗小説のために、あるいは一時的な慰めの本――元気が出たとか、なんとかなる式の言葉――しかない社会を生きているのだ。こうした言葉が流通する背景には、個人は過剰なまでにバラバラである一方、その不安を埋めるために一時的な快楽や正義感でつながろうとする雰囲気がある、それが今の日本なのだ。

日本という国家が、洋の東西の価値の激突に苦しんでいることに、人びとは気づかない。不毛なイデオロギーに言葉が奉仕する時代、あるいは慰謝のための玩具のような正義感しかない時代――そこでは、徹底的に詩人＝批評家が不在である「彼等は詩歌なきの民なり」。

言葉に意匠を凝らし人に伝えること、つまり人と人とが共通の価値観＝正しさをもつことの困難さ、琵琶で世界を荘厳し調和することへのあこがれと困難、すなわち人間同士がつながることの複雑な機微は消え去ってしまった。偽物の驚きと言葉が、人びとを調和したように見せかけている――言葉の死を予告した透谷以後、いったいこの国のロマン主義はどこへ向かうのだろうか。日露戦争を経由する必要が、ここにでてくる。

註

▼1　小林秀雄の文壇への登場が、高山樗牛の死（明治三五年）から朝日平吾の安田善次郎暗殺事件（大正一〇年）のあい

だであることに注目した論文に、拙稿「美と政治のあいだ——小林秀雄の登場」がある（『叢書　アレテイア14』お茶ノ水書房、二〇一二年、一四七～一六七頁）。樗牛の死の年に小林は生れ、朝日によるテロルの翌年、小林秀雄は「蛸の自殺」を書くことで文筆の仕事を始めた。

▼2　唯一、例外的と言っていい透谷論が、松浦寿輝『明治の表象空間』（新潮社、二〇一四年）所収の透谷論である。そこではボードレールの散文詩「二重の部屋」が参照され、透谷が神話の世界を支配する無時間はもちろん、近代の象徴である時計＝画一的な時間の両方いずれにも所属できない人間であったことが指摘される。透谷は、現実社会での具体的な行動を断念したとき、初めて「書く」行為を獲得したと松浦氏は指摘するのだ。同書、四五七・四六六頁を参照。

▼3　もちろん兆民は、この事実も見逃していない。それは兆民が哲学を探求し、「自己脳中の空虚」に言及していたことからもあきらかである。兆民の場合、維新前後のわが国が、巨大な価値観の解体期にあたっていること、漂泊意識が人びとを捉えていることを知っていた。だから政治であれ経済であれ、すべてを原理的に考えなおす必要があることに気づいた。そして哲学＝「言葉」の世界へ向かった。言葉が政治に奉仕するのではなく、政治とは何かを問うために「言葉」はある、そう兆民は考えた。価値の瓦解に直面した兆民にとって、フランス留学は単なる輸入学問のためではなかった。不定形かつ混沌とした現実世界と、自分自身をどう関係づけていくか、漂泊する自分に「言葉」をあたえる必死の営み、それが哲学だった。

▼4　ボードレールの、ロマン主義に対する評価は複雑である。まずフランスの伝統的な芸術評価は、「古典主義」的なものであった。わかりやすくいうとギリシア・ローマの古典芸術を模範＝評価基準にしたというわけだ。それに対抗して登場したのがロマン主義だった。だからボードレールは、心情的にはロマン主義の側についた。ただボードレールにとって不満だったのは、ロマン主義が、古典主義に対抗するためにキリスト教を持ち出し、その中心的な時代である中世を発見し、最終的には、現実社会から逃避して「中世」という時代に引き籠ったことにある（ドイツロマン主義におけるシュレーゲル）。よって「モデルニテ」＝現代性を受けいれたボードレールは、ロマン主義を全面肯定することはできない。現実をそのまま芸術批評の評価軸にすること、これがボードレールの立場だったからだ。ロマン主義の中世賛美は、たとえば、一八三〇年代のゴーティエやネルヴァルなどが代表である。ボードレールは、彼らにも批判のまなざしを向けた。反近代にも与せず、しかも反ブルジョアの態度をつらぬく。言いかえれば、現代社会を嫌悪しながら、なおそこに美を見いだそうという矛盾《ジレンマ》を生きたのである。横張誠『ボードレール語録』岩波現代文庫参照。

▼5　たとえばボードレールは、散文詩『パリの憂鬱』で注目すべき四つの作品を残している。「異国の人」と題された冒頭

の作品では、「誰が一番好きなのだい、不思議な人よ」との呼びかけに、「僕は雲が好きだ……流れてゆく雲が……あそこ……あそこだ……素晴らしい雲たちが！」と異国の人は応える。漂泊する雲の自由なイメージに、異国からさすらい現れた自分を重ねているのだ（「I L'ÉTRANGER」）。だが一方で作品「港」では雲の動きある建造物への憧れは、「人生の戦いに疲れ果てた魂にとって、魅惑的な停泊地」である港から眺められるものにすぎない（「XLI LE PORT」）。

また著名な作品「二重の部屋」（V LA CHAMBRE DOUBLE）と、「酔うがいい」（XXXIII ENIVREZ-VOUS）を見てみよう。二重の部屋のうちの一つは、そこで「魂が後悔と欲望によって香りづけられた、倦怠のなかで湯浴みする」場所である。それは「本当に精神的な部屋」と名づけられている。だがそれはつかの間の部屋だ。突然の衝撃とともに破壊された精神的な部屋に代わるのは、「時間」が支配する部屋＝現実世界である。この「時間」から逃れたい、酔いつづけたい、しかしその不可能性を知っている。ここに、朔太郎が「二重映像の交錯」と呼んだ分裂した意識があった。以上、Charles Baudelaire, *Le Spleen de Paris Petits Poémes en prose*, Éditions Gallimard, 2006. を参照した拙訳。

第4章

石川啄木——百年前の「時代閉塞の現状」

もう一度、本稿の問題意識に立ちかえろう。今、私たちは戦後以来はじめて過渡期を生きねばならない状態にある。それは、私たちが前提してきた世界観＝「近代」や「戦後」が崩落するという意味である。世界と自分との距離感はあいまいになり、度の合わない眼鏡でみるようにすべては不明瞭で、人は酔ったような気分に襲われる。

身近な例をあげよう。たとえば、他人はまったく自分とは違う見方で、この世を理解していることに気がつくときがある。すると当たり前だと思っていた人間関係は、音をたてて崩れるだろう。なぜ人は、自分の正義感を「正しい」と思い、人に強いるのだろうか。なぜ、何を根拠にそれを押し広めようとするのか、私との関係は支配欲からだったのか？——他人とのこれまでの信頼が、深ければ深いほど、興味がつよければつよいほど、崩壊後の虚脱感はおおきい。国家と個人とのあいだにも、また国家同士の関係でも同じことは起きる。

生々しく露出してくる、こうした「現実」に直面してどうすべきか。過去からの声に耳を澄まし、しかも根本的に考えたい、これが本稿の立場であった。近代日本の思想家に、「ロマン主義」から迫ろうとしているのは、以上のような問題意識の具体化である。

ところで、日露戦争後の明治四十年代は、維新の激動以来これまで成功に成功を重ね、国家としての体面を整えていった日本が、はじめて閉塞感を「実感」した時代であった。中江兆民がしばしば指摘した「自己脳中の空虚」を抱えた人間たち、さらに透谷や樗牛によって発見された悲哀の心情は、これまで未曾有の経済成長と日清日露の二つの戦争——つまり「富国」と「強兵」——で隠されてきたのである。それが誰の目にもあきらかになるのは、四十年代のことだ。

たとえば高山樗牛を読む、するとどうしても明治三十三年＝一九〇〇年に巨大な「過渡期」があったとしか思えない——「日本は、その帝国主義世界の外延の果しないひろがりに面して、一種の分裂症的な眩惑にとらわれていたかのように見える」（前掲橋川『昭和維新試論』六四）。後に、政治思想史家の橋川文三はこう思わざるを得なかった。

だが、樗牛や透谷はあくまでも「預言者」にとどまる。国家としても、また個人的な心情としても、ロマン的主題が無視しえなくなるのは、日露戦争を経由して明治四十年前後、夏目漱石や石川啄木、幸徳秋水の登場を待ってなのである。たとえば、啄木の名を後世にまで残すことになる三行詩『一握の砂』にいう、

何がなしに
頭のなかに崖ありて
日毎に土のくづるるごとし（「一握の砂」1巻二〇）

何かが壊れかけていた。それは四十年代に入ると、ひとつの時代診察として結晶する。啄木が思想家として短い絶頂を迎えたとき、「私は最近数年間の自然主義の運動を、明治の日本人が四十年間の生活から編み出した最初の哲学の萌芽であると思ふ」という時代診察を行った（「弓町より」4巻二一三）。日本で「自然主義」と呼ばれる運動には、ロマン主義的側面がある、これが啄木思想の核心である。西洋思想史において自然主義とロマン主義は画然とわけられるべき思想信条だ。しかし日本に関するかぎり、それは妥当しない、そう啄木は考えた。明治末期の思想空間に入っていくべきである。

1　三つの論点

啄木が、その文学的生命を燃焼させた明治末期は、近代日本のロマン主義が産声をあげ、その将来を予感させるひとつの帰結をむすんだ時期であった。まず日清戦争後、澎湃《ほうはい》としておこったロマン主義運動は、島崎藤村の『若菜集』、国木田独歩・柳田國男・宮崎湖処子によって創刊された『抒情詩』によって拓かれた。そこから溢れでるように正岡子規の「歌よみに与ふる書」が刊行され、また與謝野鉄幹の新詩社が結成されている。世紀をまたいだ一九〇一年、與謝野晶子『みだれ髪』となって最高潮を迎えるロマン主義の渦中で、石川啄木は精神的成長を遂げてゆくのである。

盛岡中学時代に、金田一京助・田子一民らとともにロマン主義一辺倒となった啄木にとって、與謝野鉄幹・晶子の詩と、高山樗牛の批評はきわめてつよい印象をあたえた。「人、此混沌より脱出せんとして常に焦燥す。宗教と哲学と茲に於てか生ず」、あるいは「世界は殆んど本源に帰依する理想を失なひよふ《ママ》とした。そして木偶《でく》を抱いて愛着の接吻を施すが如く、衷心の空落を飾らんがために憐むべき民衆は形骸の粉黛《ふんたい》に狂奔した。果然知識は遂に霊性の慰藉者ではあらぬ」(「ワグネルの思想」4巻一七)。理想を見失った世界では、人びとができあいの知識で心を埋めている——高山樗牛の影響を多分に受けて書かれた文章は、未だどこか抽象的の観をまぬがれない。

だが二十歳にも満たない啄木が、抽象的に十九世紀文明批判をしていたこの時期、日本は日露戦争という具体的事件に直面していたのである。

日露戦争の砲弾飛び交う熱い戦争以前から、すでに、物質的精神的に、日本は西洋とつねに戦いつづけてきた。そして「この平和の戦争には敗北した」——論文「戦後文壇の趨勢」で、夏目漱石はそう言っている。とくに文学においては誇るに足る「言葉」などないではないか、「ツマリ一も二もなく西洋を崇拝するといふことになつて、標準がなくなつて来て誰彼を真似る、彼を崇拝するといふに止まる」状態をつづけてきたからだ(漱石「戦後文壇の趨勢」一一〇)。日露戦争以前、すでにこの国からは、現実を解釈する基準が失われていた。各人がそれぞれの嗜好にあわせて、西洋の複数の思想を信じている。

あたかも北村透谷が、銀座の服装の多様性に、分裂するこの国の精神と詩の不在を見いだしたように、漱石は日本の言葉がバラバラになっていると言った。自分の標準はどこにあるのか、「吾人の標準」を文学でどう取り戻すか——戦争中、日本人は恐怖心から大和魂などと叫んでいた。だが日露戦争の勝利は、この恐怖心に変化をおこし、文学に新境地をもたらすはずだ、漱石はそう考えた。あたかもエリザベス一世の時代、スペイン無敵艦隊を破ったことが、シェイクスピアの文学を生みだしたように。

そしてわが国に登場してきたのが、「自然主義」であった。明治以来四十年の歳月をかけて醸成した最初の日本の哲学、それが自然主義文学だったのである。北海道での放浪生活に耐えきれず、啄木が東京へ飛びだしたのは、明治四十一年のことだった。地方にいても、東京の文壇を自然主義が席捲している事実は届いてきた。これくらいなら自分でも書ける、そう啄木は思った。このまま、地方でくすぶっていていいのか。一生を地方の新聞記者で終わるのか——功名心が啄木を東京へと向かわせ小説を書かせたのである。

だが小説を書くうちに、啄木は次のように考えた。自然主義には、何か決定的な問題点がある。功名心から注目した自然主義について考えぬくことは、この国の課題を考えるきっかけをあたえるに違いない。文学＝言葉について徹底的に分析すれば、日本社会の現状を診察することにもつながる、そう思ったのだ。

自然主義をとおして明治四十年代を診る。

すると今の日本がかかえる課題は、次の三点であるように思われた。まず第一に、いっさいの秩序・道徳・価値観を否定した結果、日本人が「虚無」と「競争」の社会をつくってしまったこと。第二に、結果、言葉を放りだし「性急な思想」に心躍らす人びとが、安易な解決手段——たとえばテロル——を求める可能性があること。第三として、当時の「愛国心」が実は「帝国主義」＝グローバリズムであることに、人びとが気づいていないこと。

以上の三点こそ、自然主義というメスをふるった結果、見えてくる時代診察だ、啄木はこう考えたのである。まずは彼がどのような診断を下したのかを、第一から順次検討してみよう。

2　自然主義と時代診察

たとえば自然主義について「吾人は自然派の小説を読む毎に一種の不安を禁ずる能はず。此不安は乃ち現実暴露の悲哀也。自然主義は自意識の発達せる結果として生れたり。而して其吾人に教訓する所は唯一あるのみ。曰く、「どうにか成る。」「成る様に成る。」」(「卓上一枝」4巻一三二)と書いたとき、啄木は、いくつかの論理的飛躍を犯している。もう少し丁寧に説明しよう。

もともと自然主義は、旧来の価値観すべてにうたがいの眼を向け、破壊し、その代わりに「我」の感情を基準にした。自然に感情の赴くままに「我」を主張する、それはつよい自負心に支えられているのであって、本来は「悲哀」とは無縁のはずであった。

にもかかわらず、実際は次のように展開した。自然主義が、日露戦争後の東京＝都会で流行していることに注目してみよう。すると、北村透谷が銀座で出会った人びと、すなわち都会で「我」を主張する人間は、次のような状態に陥るしかない――「彼等は都会の何処の隅にもその意に適つた場所を見出すことはない。然し一度足を踏み入れたら、もう二度とそれを抜かしめないのが、都会と呼ばれる文明の泥沢の有つている不可思議の一つである」(「田園の思慕」4巻二八五)。

産業時代といはるる近代の文明は、日一日と都会と田園との間の溝渠を深くして来た。今も深くしている。これからも益々深くするに違いない[…]かかる矛盾はそもそも何処に根ざしているか。かかる矛盾は遂には一切の人間をして思慕すべき何物をも有たぬ状態に歩み入らしめるようなことはないだらうか。（「田園の思慕」4巻二八七）

啄木は思った、つよい反抗心＝自然主義で、自負にみちた「我」を取り戻すことなどあり得ない。秩序や倫理を否定し、欲望のままに振る舞うことを許す場所＝都会を生きる人間は、「何物をも有たぬ状態」に陥っているからである。彼らの多くは、都会に居場所を見つけだせないのはもちろん、追憶にふける田園風景を否定＝出郷してきている。彼らは「思慕すべき田園ばかりでなく、思慕すべき一切を失つている」のだ。実際、今の学生たちを見よ。若さにものを言わせ反抗的であるはずの学生は、実は気力を失いすっかり「現実的」になっているではないか。

教育機関は教養を養うような、余裕ある場所ではなくなった。「教育はただ其「今日」に必要なる人物を養成」するために、つまり就職戦線に勝ち残るための技術にすぎない。在学時代から就職先の心配におわれ、しかもその半分は職を得られない。さらにひどくなると、途中で学校をやめてしまい、人生そのものを中途半端にしてしまうのだ。「かくて日本には今「遊民」といふ不思議な階級が漸次其数を増しつつある」（「時代閉塞の現状」4巻二六二）。

都会にも、故郷にも居場所のない「我」が、どうして生き生きとした人間でいられるか。募るのは、「出口を失つた状態」（同前）へのイライラではないのか。

このとき啄木は、「我」は空虚であること、何者でもないと気づいている。自然主義の思惑ははずれ、「現実暴露の悲哀」へと落ち込んでいくことがわかるのだ。

だとすれば、次のように言うべきではないか――「道徳そのものを、無理に推込められた牢獄と思ったのは、間違ひであつた。お互ひが、雨を防ぎ、風を防ぎ、寒い冬を防ぎ、安らかに眠るべき「家」であつた」(「きれぎれに心に浮かんだ感じと回想」4巻二一三)。

だがすでに手遅れなのだ、これまでつくりあげてきた伝統＝家＝秩序と道徳を粉々に砕いた結果、私たちの社会は「全て競争の姿」になってしまった、こう啄木は書きくわえる。これといった特徴もない「我」が、官能的で刺激的な産業社会を彷徨する時代、競争に翻弄される状況、これを自然主義は映しだしたのだ。

つまり自然主義の言葉からは、いっさいの伝統、過去とのつながりが洗い流され、言葉が記号のようになってしまった。さらにその言葉が表現すべき現実は、空虚で不定形な感情に支配された、個人の内面描写に限定されてしまった。道徳や家との断絶は、言葉の歴史にも断絶をもたらしたわけだ。

以上から言える「近代人」の特徴は、次のようなのだ――「自己を軽蔑する心、足を地から離した心、時代の弱所を共有することを誇りとする心、さういふ性急な心をもし「近代的」といふものであつたならば、否、所謂「近代人」はさういふ心を持っているものならば、我々は寧ろ退いて自分がそれ等の人々より多く「非近代的」である事を恃み、且つ誇るべきである」(「性急な思想」4巻二四三)。「出口を失つた」私たちは「近代人」である。ではどうすればよいのか、「非近代的」に生きよ、と叫んだところで過去に戻ることはできないのだ。

こうした疑問を抱えた啄木の前にあったのは、これまた自然主義の主張した処方箋であった。この時代を生きる術、それは「どうにか成る」「成る様に成る」という態度だと、彼らは言ったからだ。現実から降りてしまい、一切の行為をあきらめるという処方箋。都会の片隅で人びとはうつむき口ずさんでいる、どうにかなるさ、と。激しい内向的傾向・自滅的傾向がこの時代の処世術なのである。

3 「浪漫主義の嘆声」——第二の問題

こうして、第一の問題点は明らかになった。次に、この時代がかかえる第二第三の問題を明らかにすべきであろう。自然主義が明らかにした第一の時代像と解決策。これとは異なるもうひとつの処方箋が、人びとの心の奥底にはあった。それが第二の問題「性急な思想」である。

たとえば、幸徳秋水が連座した大逆事件の際、「無政府主義」を世間がどう理解したか。ここに日本人の国民としての性格が表れている。明治四十年の「個人の性格の奥底」だけではない、はるかに遡り二六〇〇年にわたって私たちを支配する、民族＝国民としての性格がこの事件に出ている——啄木はそう考えた。無政府主義の主張に注目せよ、それ自体は保守的道徳家と実は目標を同じくしている。ともに人間の私欲を否定し、相互扶助を求めているからだ。だから無政府主義は、その理想社会イメージ自体はまったく危険なものではない。

だが、と啄木は思った。その社会を創りだす際のプロセスが違う。第一に保守的道徳家は、現在の社会の内部で滅私奉公を説くだろう。第二に、個人主義を賞揚する人びとは、自己一身の修養をきびしく言うだろう。第三に社会主義者ならば、理想と現実との距離を意識して、社会組織の「改革」を進めるはずだ。ところが無政府主義は、「実に、社会組織の改革と人間各自の進歩とを一挙にして成し遂げようとする者《ママ》で有る」（「所謂今度の事」4巻二七一）。

現実を一気に変革しようとする行動、それは間違いだと啄木は思った。「無政府主義者とは畢竟《ひっきょう》「最も性急なる理想家」」であると書きつけるとき、啄木は、現実の過酷さに耐えられず、破壊衝動へと駆り立てられる人びとを警戒している。[1]「弱者！　自らの弱者たることを怖れて、一切の事実と道理とを拒否する自堕落な弱者！」――日露戦争後の産業社会は、経済的弱者を生みだした。しかしほんとうの弱者とは、自らの現状に恐れをなし「盲目的反抗」をする人ではないのか。

そして「浪漫主義者」とは、この弱い心の持ち主だ、こう啄木は言うのである。

啄木の定義するロマン主義は、こうだ。極東の近代人啄木の場合、ロマン主義とは、弱者＝現実を直視できない人びとが過激な政治行動にでること、すなわち「ロマン主義的政治」を意味したのだ（本書第1章3のシュミットの定義を参照）。社会への苛立ちが募ると、私たちは「盲目的な感情の命令」のままになり、「出立点から直ぐに結論を生み出し」たいという欲求にかられる（「巻煙草」4巻二三九）。眼の前には、否、自分自身の心のなかにすら鬱屈と激情が奇妙に同居し迸《ほとばし》ることに啄木は気づいた。そしてこう書くしかなかった。

　世界の何処かには何か非常な事がありさうで、そしてそれと自分とは何時まで経つても関係が無さうに思はれる。［…］まるで、自分で自分の生命を持余してゐるやうなものだ。
　何か面白い事はないか！

それは凡ての人間の心に流れてる深い浪漫主義の嘆声だ。（「硝子窓」4巻二四五）

やや遠きものに思ひし
テロリストの悲しき心も――
近づく日のあり。（「悲しき玩具」1巻九七）

誰そ我に
ピストルにても撃てよかし
伊藤のごとく死にて見せなむ（「一握の砂」1巻二五）

もちろん伊藤とは、朝鮮半島で暗殺された伊藤博文のことである。このヒロイズムへのあこがれは、弱者＝浪漫主義者の心に直結している。一見すると自分以外の社会全体は、激しく変化しているように感じられる。だが自分の周囲は「出口を失つた」ように何も動かない。都会にも、田舎にも所属できない「我」、社会との関係を断たれたような気分に襲われた人間は、面白い事＝テロルを望んでしまう。それを啄木は「性急な思想」と呼んだわけだ。そう名づけることで、しかも三行詩のなかに閉じこめることで、なんとか自分自身をコントロールしようとした――「僕にとつては、歌を作る日は不幸な日だ、刹那々々の偽らざる自己を見つけて満足する外に満足のない、全く有耶無耶に暮らした日だ［…］正直に言へば、歌なんか作らなくてもよいやうな人になりたい」（「瀬川深宛書簡」7巻三二二）。

自然主義がいっさいの価値を剥奪し、世界と「我」を混沌に突き落としたとき、まずは現実悲哀の暴露が出現した。人間は禽獣《きんじゅう》と同じくなり、競争社会も同時に出現していた。競争社会の中心地東京という都会の片隅で、「何とかなる」と、解決を拒否する諦念に沈んだ人びとが蠢いていた。ところが一方で、この閉塞感に耐えきれない人びと、刺激的な何かを求めてやまない心情も渦巻いていることに、啄木は気づいている。

否、大逆事件への対応を調べるかぎり、彼らこそ二六〇〇年にわたる日本の国民性の象徴のようにも思われた。彼らは現実社会と自分との距離感を見失い、何か劇的な出来事の到来を待っている。「議論の時代は既に過ぎた、これからは実行の時代である」と叫び、盲目的でヒロイックな行為を「性急」に夢想するのだ（「一年間の回顧」4巻二三四）[2]。

明治四十年代の時代状況は、停滞――成る様に成る――に身を委ねる内向型と、盲目的ヒロイズムへのあこがれ型――伊藤暗殺の夢想――、この相反する二面性が同居している点に最大の特徴がある（シュミットの矛盾《ジレンマ》！）。日露戦争後の本格的な産業社会の到来＝弱肉強食の現実から隠遁し、社会関係を拒絶する内向的な精神は、いったん社会へ眼を向きなおすと、今度は時代診察をぬきに悪の元凶を可視化し、それを一挙に排除しようと企てる。

明治維新以来、つねに激しい緊張のもとで束ねられてきた近代日本人の精神は、ようやくここにきてその二面性を露《あらわ》にした。

日清日露のあいつぐ戦争は、国家の緊張を人びともまた共有させたから、無意識のうちに人びとは「つながり」を感じ取ることができていた。ところが過度の緊張による連帯意識が崩れると、産業社会は富「国」という国家との結びつきを断たれるから、「富」だけが突出する。それは、経済格差によって人びとを分断する社会を生みだす。そこでは本来、自由気ままを意味したはずの「遊民」は、今度は、「つながり」や社会的地位を剥奪され、浮遊するバラバラの個人、「不安」と「閉塞」＝マイナス・イメージの象徴となるのだ。そのコインの裏には、政治的テロルによる急激な「つながり」願望が刻印されている。

内向的であれテロルの過激であれ、均衡を欠いて両極端へとゆれ動く心理状態が、明治四十年代、無視できない日本人の姿として浮かびあがってきた。啄木の時代診察は、「近代人」の二面性を、自然主義とロマン主義の嘆声のなかから導きだしてきたわけだ。「我等の人生は、今日既に最早到底統一することの出来ない程複雑な、支離滅裂なものになつてゐる［…］僕は新しい意味に於ての二重の生活を営むより外に、この世に生きる途はない様に思って来出した、無意識な二重の生活ではなく、自分自身意識しての二重生活だ」（「宮崎大四郎宛」7巻二九六）。

この、ほとんどボードレール＝萩原朔太郎的主題を背負った啄木にとって、ロマン主義者がめざした理想郷——言葉の錬金術によって世界をもう一度、古代の調和ある状態に戻したい——は、断念されるべきであった。

三行詩をつくることと、政治批評をはっきりと区別し使いわけること、それが過剰な内向性と過激な政治的テロル——改めてシュミットのロマン主義を想起せよ——をふせぎ、ひいては政治への正しい批評精神を生みだす。つまり言葉が政治に奉仕するのではなく、政治支配から言葉を取り戻すことにつながる、啄木はそう考えたのである。

4 「帝国主義」の時代——第三の問題

啄木が時代診察をつづけていた明治四十年代は、広く世界を見渡せば「帝国主義」の時代にあたっている。「帝国主義時代とは通常一八八四年から一九一四年に至る三〇年間を指しており、それは"scramble for Africa"と汎民族運動の誕生をもって終わる一九世紀と、第一次世界大戦をもって始まる二〇世紀とを分かつ時代である」(アーレント『全体主義の起原2』一)。明治十七年から大正三年までが、この時期にあたる。

帝国主義から全体主義が出現してくるありさまを詳細に描いたこの政治学者によれば、帝国主義時代の特徴は、「膨張」である。より具体的なイメージは「資本輸出」であり、「人種妄想」と「法律によらない支配」の混合物ということになる(アーレント『全体主義の起原2』一七)。資本は、無限の増殖=絶えざる市場の拡張をもとめる運動を引きおこす。これが国境をやすやすと乗り越える帝国主義の始まりであり、推進力なのだ。だとすれば、国民国家は単なる妨げ、いらない障壁にすぎない。国境という枠組みは、増殖=広がろうとするものからすれば、障害にすぎないからだ。

この国境をめぐる問題は「労働運動」についても言える。

労働運動は格差問題と言いかえられるように、国内の富める者と貧しい者という二項対立を基本とする。だから関心は「国内」に向かうのが普通であって、帝国主義の本質=膨張では格差問題の本質を把握できないのだ(アーレント『全体主義の起原2』五)。以上からわかるように注目すべきなのは、アーレントがローマ帝国のような帝国主義と、国民国家を明確に区別していることである。「帝国」の場合、当然のことながら、異民族をふくむ広大な領土拡張にとりつかれているから、その複雑な人びとを統治する唯一の方法は、法律＝普遍性と抽象性になる。

だが国民国家はそうではないのだ、「国民国家はこのような統合の原理をもたない。それはそもその初めから同質的住民と政府に対する住民の積極的同意とを前提としているからである。ネイションは領土、民族、国家を歴史的に共有することに基づく以上、帝国を建設することはできない」（アーレント『全体主義の起原2』六）。労働問題、格差問題を考えるためには、領土の限定と歴史すなわちナショナリズムを考慮せねばならない、こうアーレントは言っているのである。

ところで中江兆民の弟子であり、大逆事件で処刑された幸徳秋水が『帝国主義』を著したのは、明治三十四年のことであった。さらに秋水は、自らの所属する新聞「万朝報」が非戦論から対ロシア好戦論へと傾いたことに異議をとなえ職を辞す。それは明治三十六年のことであった。日本もまたアーレントの資本＝帝国主義の流れに、呑みこまれかけていたのだ。

日露戦争後は、これまでの「富国強兵」政策が一定の役割をおえて、人びとの前から「国家」が姿を消した時代である。「富国」から「国」のイメージは消え、変わって登場してきたのは「ゆたかさ」であった。立身出世とは、政治家になるよりも、経済的な成功を収めること——起業者——を意味するようになった。だが時代はこのとき、戦後恐慌を迎えていた。「明治四十～四十一年（一九〇七～一九〇八年）の恐慌後日本資本主義は長い沈滞期を脱し得なかった」が、その原因は「独占資本段階」、すなわち帝国主義だったからである。一九〇七年十月にアメリカでおきた経済的パニックは、欧米生糸輸出の激減や、対清輸出貿易の不振が原因だったが、このとき日本国内でもアーレントの指摘どおり「日本資本主義の恐慌が世界恐慌の完全な一環となった」のである（長岡

「日露戦後の恐慌と「不況の慢性化」の意義（二）」）。世界の市場の動きに呑みこまれながら、恐慌の下でもなお日本は「ゆたかさ」を追求していった。

日露戦争後、英米との対決を避けるべく伊藤博文が満州の門戸開放、機会均等の実施をめざす一方で、元老山縣有朋は軍部の中枢をとりしきり、「帝国国防方針」を策定していた。山縣は自主防衛よりも「攻勢主体」を明確な方針としたことで、伊藤＝政府との対立は決定的なものとなって行く（加藤『日本という身体』）。この山縣ｖｓ伊藤がもつ意味は、あくまでも「強兵」にこだわる山縣と、あらたに登場した「ゆたかさ」を優先する伊藤との対立なのだ。山縣＝軍部と伊藤＝政府は、たがいに独立の度合いをふかめ、前者が後者を浸食していくことで時代は動く。だがしかし、この軍部と政府の分立から対立への流れは、アーレント＝帝国主義の時代理解を参照すれば、逆に親近性があることに注意すべきなのだ。

たとえば、一九一二年の『中央公論』の特集は、「領土拡張主義か商権拡張主義か」（傍点著者）という特集を組んだ。前者が山縣を、後者が伊藤をイメージさせることは想像に難くない。問題は、両者がともに「拡張」を主張している点で同じだということだ。軍事中心の前者が領土拡張主義＝「膨張」であることは、言うまでもないだろう。後者は「ゆたかさ」を求めて、現在の領土すら乗り越えていこうとする姿勢を見せる。掲載された尾崎行雄の論文が『商権拡張の為の領土拡張』となっていたことは決して偶然ではないのだ。

要するに、軍事的にも商業的にも帝国主義へと歩みを進めていくこの時期は、人びとの思考から「国」が抜け落ちる過程と重なっている。「時代閉塞」の気分は、奇妙なことに人びとから国家意識がうばわれ、資本と領土が広がろうとするそのとき、顕在化してくるのである。

5 「時代閉塞の現状」

だとすれば、啄木の自然主義への評価も、日本国内という視野を超え、同時代の資本の拡張運動のなかで評価されねばならない。とくに啄木の思想的結晶「時代閉塞の現状」を、世界的視野から読まなくてはいけないのだ。すると啄木の主張のもつ意味が、きわめて明瞭になるからだ。

明治四十三年八月『東京朝日新聞』に、魚住折蘆という帝大生がある論考を発表した。「自己主張の思想としての自然主義」がそれである。「吾等日本人に取つてはも一つ家族と云ふオーソリテイが二千年来の国家の歴史の権威と結合して個人の独立と発展とを妨害して居る」と主張した魚住は、「諸芸術殊に小説」＝自然主義の「反抗主義的の熱意」に国家批判の期待をよせ、この稿を書いた（「自己主張の思想としての自然主義」六一七）。家や道徳を批判しつづける自然主義は、国家ともまた対抗関係にあると言うのである。

だが、と啄木は思った。自然主義＝ロマン主義で時代診察をした結果、二つの大きな問題点――停滞に身を委ねる内向型と、盲目的ヒロイズムへのあこがれ型の奇妙な同居があることが、すでにわかった。

だとすれば、自然主義はほんとうに国家とは何かについて、冷静な考察を重ねたことがあるだろうか。魚住の主張はほんとうか？――「国家が我々に取つて怨敵となるべき機会も未だ嘗て無かつたのである」（「時代閉塞の現状」4巻二五七）。たしかに自然主義は、四十年の月日をかけて日本人がつくりあげた哲学ではあった。ただ「国家とは何か」という問題については、若者世代はすべてを父兄の手に委ねてきたのではないか、啄木はこういう事実に気がつく。

日露戦争＝経済的なゆたかさと国家の発展が密着していた時代――「富国」――では、経済を考えることは国家を考えることに直結した。それは父兄の時代の思考態度である。では今の時代、若者たちはどのように国家と自分との距離を感じているだろうか――「国家は強大でなければならぬ。我々は夫れを阻害すべき何等の理由も有つてゐない。但し我々だけはそれにお手伝いするのは御免だ！」（「時代閉塞の現状」4巻二五八）

さうして此結論は、特に実業界などに志す一部青年の間には、更に一層明断になつてゐる。曰く、「国家は帝国主義で以て日増しに強大になつて行く。誠に結構な事だ。だから我々もよろしくその真似をしなければならぬ。正義だの、人道だのといふ事にはお構ひなしに一生懸命儲けなければならぬ。国の為なんて考へる暇などあるものか！（「時代閉塞の現状」4巻二五九）

正義と倫理の破壊を受けいれ儲けばかりを追求する時代背景には、帝国主義＝資本主義の無限の拡張運動があったのだ。ここでアーレントの指摘をふまえれば、啄木のおそるべき時代診察があきらかになってくるはずだ。

すなわち競争を全面肯定する産業社会の典型例――日本の実業界――の青年にとって、国家とは帝国主義と同じ意味しかもっていない。彼らのいう「愛国心」とは、実は帝国主義の別名であって、無限にグローバル化を肯定し資本移動を生みだしつづける拡張運動の別名なのだ。

だが、この愛国心はナショナリズムなのだろうか。アーレントが整然とわけた、帝国主義と国民国家の腑分けを、まったく理解していない発言ではないのか。「国の為なんて考へる暇などあるものか！」と実業に専念することと、「国家は強大でなければならぬ」という国家肯定の矛盾する発言が青年実業家のなかで同居できたのは、帝国主義＝資本の膨張を国家と誤解したまま同一視するとみれば説明がつくではないか。

「富国強兵」のうち、強兵が一段落したとき、青年たちの心に残ったのは本来「富国」のはずであった。だが日清日露戦勝が、強兵と同時に「国」の退場をうながし、自然主義の文学運動がひき起こしたことは、青年たちの目標を唯一、「富」だけに集約することになった。

ではもし、「富」を得ることに失敗したらどうか。実際、多くの者たちが都会の片隅で、故郷に戻ることもままならず貧困に喘いでいるではないか。自分自身もまた典型的事例ではないか、啄木はそう思ったに違いないのだ——「斯くて今や我々には、自己主張の強烈な欲求だけが残つてゐるのみである。自然主義発生当時と同じく、今猶理想を失ひ、方向を失ひ、出口を失つた状態に於て、長い間鬱積して来た其自身の力を独りで持余してゐるのである。［…］さうしてこれは実に「時代閉塞」の結果なのである」（「時代閉塞の現状」4巻二六二）。

今や、啄木の時代診察は世界的規模のものとなった。

世界へと視野を広げてみよう、実は帝国主義＝資本の膨張こそが自然主義文学＝言葉を生みだしていたのだ。出口なしの「自滅的傾向」と「盲目的反抗」の若者＝国内問題は、世界史的な流れが

根本原因だったのである。次の啄木の発言がそれを教える。「きれぎれに浮かんだ感じと感想」に言う、

国家！　国家！

国家といふ問題は、今の一部の人達の考へてゐるやうに、そんなに軽い問題であらうか？（啻に国家といふ問題許りではない。）〔…〕凡ての人はもつと突込んで考へなければならぬ。今日国家に服従してゐる人は、其の服従してゐる理由に就いてもつと突込まなければならぬ。又、従来の国家思想に不満足な人も、其不満足な理由に就いて、もつと突込まなければならぬ。（4巻二二六）

この「国家」批判が、単なる権力批判だと考えるのは誤りだ。

明治四十年代の日本には、「国」を忘却しながらゆたかさを求めていた事実があった。だとすれば、啄木のいう国家とは、帝国主義＝資本の無限の拡張運動のことではないか。言いかえれば、明治政府が資本のグローバル化をめざすのかどうか、ということを啄木は問い質しているのだ。「我々青年を囲繞《いにょう》する空気は、今や少しも流動しなくなつた」状態の原因、それは世界全体を還流する資本に原因をもっている。にもかかわらず、若者たちはその原因を見定めかね、女郎買小説から元禄時代の回顧にその場をしのぎ、あるいは盲目的な反抗をくり返している。さらには耳触りのよい理想主義に埋没している。

だが、と啄木は思った。「一切の美しき理想は皆虚偽である！」。そして「一切の空想を峻拒して、

其処に残る唯一の真実――「必要」！　これ実に我々が未来に向つて求むべき一切である」、「私の文学に求むる所は批評である」このように、言葉は使われるべきだと思ったのだ（以上、「時代閉塞の現状」4巻二六五）。

これらの発言に、晩年に示した啄木独自の処方箋が書かれている。自然主義があきらかにした三類型――諦観とテロル、そして富＝帝国主義――とは異なる処方箋が、ここに暗示されている。

批評＝言葉によって、明治四十年代＝不定形な時代をつかみなおさなければならない。空虚な「我」を描写する記号のように言葉を扱ってはならない。また理想を騙るためにあるのでもない。ましてや言葉を投げ捨て、テロルに走るのは論外だ。見定めがたい現実、すなわち過渡期の混沌を再構成するために言葉はある――。「批評」あるいは「必要！」という啄木の叫びの意味は、思いのほかふかい陰影を湛《たた》えて、ここにある。

6　残された「矛盾《ジレンマ》」

「ロマン主義」を梃子《てこ》に、明治中期から終盤の思想史を一瞥してきたこの稿は、ここでいったん幕を閉じる。兆民が漠然とした不安のうちに対応を試みた問題は、透谷のロマン主義で全面的に噴出した。儒学的伝統＝「浩然の気」を手放したわが国の思想人たちは、今度は一気にロマン的世界に飛翔し、翻弄されることとなったのである。自らの存在自体も、また存在根拠――しばしば「安心立命」という言葉で言われた――も解体し不透明なままで、透谷を経由し啄木がたどりついたとき、私たちの耳元に届いた声は、何がしかの解決方法というよりも、むしろまずは現実を直視せよという叱咤であった。できあいのイデオロギーはもちろん、性急な行為を警戒せよ。そして今一度、不定形な眼前の状況に言葉をあたえる批評的文学を生みだせ――。政治に言葉が奉仕するのではない、また自閉的に「我」について、あるいは理想に淫するのでもない。批評という第三の道を示しつつ啄木は病に倒れた。明治はこうして幕を閉じたのである。

ここでは最後に、啄木が残したひとつの「矛盾《ジレンマ》」を描くことで筆を擱《お》くことにしよう。啄木にまつわる「矛盾《ジレンマ》」が、引きつづく大正・昭和時代の思想と文学を考える際の、分岐を指し示しているからである。

先にも言及した中国文学者の竹内好は、ある論文のなかで「日本にも個々には、「よき」ナショナリズムの型が生れたように、中国人の心情に似たものが日本文学にまったくなかったわけではない。むしろ、明治時代にはそれが多分にあった。〔…〕なかんずく、透谷、独歩、啄木の流れにはそれが強くあらわれている」(「ナショナリズムと社会革命」一七一)と主張している。さらに『時代閉塞の現状』を「明治ナショナリズムの究極であり、かつ分水嶺であった」とまで持ちあげたのだった。

既成の権力――日本の場合、伊藤博文の創りあげた明治藩閥政府――に反旗をひるがえす「抵抗」、そこから生まれてくる「国民的統一への祈念」、これを竹内は「よき」ナショナリズムと呼んだ。だから竹内の場合、ナショナリズムは必然的に社会革命と結びつくことになり、その最後の光芒が石川啄木ということになる。

その啄木が明治四十四年二月から冒された腹膜炎をこじらせ死の床についていたある日、事件はおきた。盛岡中学時代からともにロマン主義の世界に溺れ、今や駆けだしの国語学者になりつつあった金田一京助のもとへ、啄木が突如、現れたのである。

『きょうは本当に来たくなって、急にやって来た』と懐かしく云って、『実に愉快で堪らない今の心持を、少しも早くあなたに報告したさに来た』『私の思想問題では随分心配をかけたものだが、もう安心して下さい』『今僕はまた思想上の一転期に立っている』〔…〕『やっぱり此の世界は、このままでよかったんです』『幸徳一派の考には重大な過誤があることを今明白に知った』そう云い切って、『今の僕の抱くこんな思想は何と呼ぶべきものだか自分にもまだ解らない。こんな正反対な語を連ねたら笑うかも知れないが、〔…〕――社会主義的帝国主義ですなあ』云々。（「晩年の石川啄木」四七）

革命を叫んでいた若き日の啄木を戒め、「性急な結論だ」と批判した金田一のもとへ啄木は足を運んだ。そして現状は現状のままで肯定されるべきだ、と言ったのである。竹内が明治ナショナリズム＝社会革命の可能性として啄木を評価したとすれば、それとはおよそ正反対の結論を、杖にすがりつつ啄木は金田一に遺言したということになるだろう。

この謎めいた遺言を、単なる資本主義制度の肯定だとみてはならない、金田一はこう考えた。そのうえで「あの虐げられた残虐な笞の下から、「これでよい」と叫び得る人はこの苦杯をたじろがず大口をあけて飲み干す大勇」からきた遺言だったと断定した（「晩年の石川啄木」六二）。ニーチェの永劫回帰を思わせるこの解釈は、同時に、啄木の言葉にたいする高い評価にも表れている。啄木生前時から、国語をローマ字に変えるべきだと主張していた金田一は、ある日、日本語に独自の陰翳にするどい感受性をもつ啄木が、「うれい・憂・愁・患」によってまったく異なる世界が展開すると主張していたことを思いだし、その感受性に愕然とした。

なぜならこれまで「単なる手段の約束と思った文字は――勿論言語を写す約束的主張に過ぎないが――この符牒は、一々裏を返して見れば、べっとりと、永い国民生活の血のりのついた、根の生えている所のものだった」に気づいたからである（「晩年の石川啄木」七二）。

言葉には、過去からの堆積物が付着している。だから私たちは世界も自分も、そして何より人間を、不定形な「もの」としてみていない。必ず伝統を背負った表現で世界を腑分けし、理解しているのだ。

このような言葉への嗅覚をもった詩人啄木が、はたしてナショナリズム＝社会革命を主張したと断定できるか。革命とは、過去いっさいを否定することを不可避とする。だとすれば、啄木にとってナショナリズムとは革命など意味しないのではないか。むしろ過渡期の混乱にあってなお過去を手放さず、現実と向きあうことを意味するのではないか。そして批評とナショナリズムが結びつくのは、こうした言葉で人びとが「つながり」を確かめあったときではないのか。

明治ナショナリズムの分水嶺＝石川啄木は、研究すればするほど、私たちに「矛盾《ジレンマ》」を強いてくる。

註

▼1 もちろん啄木は、幸徳秋水の弁明書を『A LETTER FROM PRISON』として筆写し、無政府主義が必ずしも「暗殺主義」と同じではないことを知っていた。むしろこの段階になると、無政府主義＝暗殺主義と即座にイコールで結びつけ、思想内容を精査しない人びとへ向けて「性急な思想」批判は向けられる。また明治四十四年一月九日の書簡では、「僕は必ず現在の社会組織経済組織を破壊しなければならぬと信じてゐる、これ僕の空論ではなくて、過去数年間の実生活から得た結論である、僕は他日僕の所信の上に立つて多少の活動をしたいと思ふ、僕は長い間自分を社会主義者と呼ぶことを躊躇してゐたが、今ではもう躊躇しない」という有名な一節が登場する。大学事件は政府の圧迫であると批判するここでの啄木は、無政府主義を最終的な理想だとし「実際家は先づ社会主義者、若しくは国家社会主義者でなくてはならぬ」と断言する。幸徳秋水への同情を隠さない、この啄木の発言が最終節でみるような金田一京助の思い出と真っ向から対立し、一つの思想的「謎」を残して鬼籍に入ったことについては、後に述べる。ちなみに、「性急な思想」という造語自体が、金田一が啄木に対してしきりに吐いた議論中の言葉なのである。

▼2 自然主義からほぼ同じ問題意識を導きだしたのは、夏目漱石である。漱石は「小説」とは何かを論じた文章のなかで、啄木とはまた違った角度から、しかしおなじ危機意識を次のように語っている——「個人の身の上でも、一国の歴史でも相互の関係（利害問題にせよ、徳義問題にせよ、其他種々な問題）から死活の大事件が起ることがある。すると渾身全国悉く其事件になり切つて仕舞ふ。［…］かうなると行屎走尿すら便じなくなる。余裕のない極端になる。大いに触れてくる。同時に眼前愁眉の事件以外何にも眼に這入らなくなる。世界が一本筋になる。平面になる」（明治四一年、高浜虚子『鶏頭』序）。ここから有名な漱石の「低回趣味」がでてくるわけだが、時代精神が余裕を失うことで「極端」になることと、世論にダイナミズムが欠如し、次第に「平面」的になり、「世界が一本筋」になることは両立する。すなわち、自然主義＝文学に注目した漱石は、ここで世論が、次第に極端にイデオロギー的になり全面的に社会を支配するという、時代診察を行った。漱石のこの考察は、とりもなおさず啄木の「性急な思想」の主張に直結している。啄木4巻二四一参照。

第Ⅱ部

「批評」の誕生
――小林秀雄と昭和初年代

浜崎洋介

近代日本の問題は昭和初年代に凝縮されている。そして、それに対する最も真剣な思索が小林秀雄の「批評」によって担われていた。が、「戦後」という時代は「戦前」の試行錯誤の記憶を切り捨てた。軽薄にも過去を否定することが進歩だと看做された。しかし現在、誰が「戦前」の水準で「近代」を問えているのか？　小林秀雄の水準で「批評」を生きているのか？　本論は、「戦後」的なるものへのささやかな抵抗として書かれている。

第5章 「危機」と「批評」——解体する時代のなかで

1 「内面」というジレンマ

文壇デビューからちょうど三年がたった頃、小林秀雄は次のような言葉を記していた。

自分の本当の姿が見附けたかったら、自分というものを一切見失うまで、自己解析をつづける事。中途で止めるなら、初めからしない方が有益である。中途で見附ける自分の姿はみんな影に過ぎない。自分というものを一切見失う点、ここに確定的な線が引かれている様に思う。こちら側には何物もない、向う側には他人だけがいる。自分は定かな性格を全く持っていない。同時に、他人はめいめい確固たる性格であり、実体である様に見える。こういう奇妙な風景に接して、はじめて他人というものが自分を映してくれる唯一の歪んでいない鏡だと合点する。

この作業は見た処信じ難い様だが、少なくとも私にはほんとうの事であった。（「手帖Ⅰ」昭和七年一〇月、4巻九七～九八）

ここに、小林秀雄の「批評」の姿が示されている。もはや、確実に信じられる自己などはあり得ない。かろうじて残されているのは、自己喪失に至るまで懐疑を徹底してしまう「自意識」だけである。しかし、自己喪失の果てに、人は「自分を映してくれる唯一の歪んでいない鏡」としての「他人」に出会う。この場合、「他人」を「作品」と言い換えてもいい。「他人」あるいは「作品」に出会うことで、一度死んだはずの自己が蘇る。己の自由な主体性を見失う地点で、なおそれでも、他ならぬこの〈他人＝作品〉に動かされ、それに魅入られているという事実によって、逆に「自分の本当の姿」が浮かび上がる。そして、このとき強いられた「自分の本当の姿」を指して、小林は「宿命」と言う。

「宿命」については後に詳しく論じることになるが、このような思考は小林秀雄以前には見出せない。なるほど、一見近代文学は、延々と「自分の本当の姿」を探し求めてきたように見える。が、近代文学は、それを「他人」のなかにではなく、自己の「内面」のなかに探し求めてきたのだった。ということは、近代文学において「内面」だけは疑われることなく、自らの前提として信憑され続けてきたのだということである。けれども、小林秀雄に言わせれば、それは「中途で見附ける自分の姿」、つまり自分の「影」にしか過ぎない。

しかし、ではなぜ「内面」は自分の「影」でしかないのか。

それは、「内面」を語るという行為が、特殊な個性の表象を通して一般的な社会性を獲得しようとする振る舞いにほかならないからである。たとえば、坪内逍遥が「小説の主脳は人情なり、世態風俗これに次ぐ」と書いて『小説真髄』を刊行したのが、憲法発布（明治二二年）と国会開設（明治二四年）を目前に控えた明治十八年九月（翌年四月までに九分冊で刊行）だったことは偶然ではない。

前近代的＝共同体的な「型」の解体にともなって、「外に現るる外部の行為《おこない》と、内に蔵《かく》れたる思想」（『小説真髄』）が一致しなくなってしまったとき、近代文学は初めて「内面」の告白に価値を見出したのだった。つまり、もはや「掟」に従った外的行為だけで個々人の真意を測れなくなったとき、近代文学は、個々の行為をその背後から説明する〈人情＝内面〉を必要とし、その描写を通じて、個々人の行為に文脈を与え、それを再び社会化しはじめたということである。

その意味で、初の言文一致体小説である二葉亭四迷の『浮雲』（明治二〇年六月〜二二年八月）は示唆的である。逍遥の指導を受けて書かれた『浮雲』は、明治の文明開化のなかで、上司に上手く取り入り、巧みに立身出世していく本田昇の「外部の行為」に対して、故郷《くに》（共同体）を出て東京で学問を修めながら、「条理」にこだわるあまり官吏職を失ってしまう内海文三の「内に蔵れたる思想」を描き出していた。

ここには、明治の知識青年を通して、功利的な近代社会に馴染めず、「外部の行為」を失って自問自答するしかない人間の「内面」のありようが定着されている。しかし、注意したいのは、「内面」とは、それが表出されてしまった瞬間、周囲の空気に染まらぬ近代的自我の自律性という対社会的意味を、あるいは功利的世間に馴染めぬ社会的敗者の弁明という対社会的な「外面」性を孕んでしまうという点である。

だから、『浮雲』を完成させることのできなかった二葉亭は、後に次のように言うことになるだろう。「どんなに技倆が優れていたからって、真実《ほんと》の事は書ける筈がないよ。よし自分の頭には解っていても、それを口にし文にする時にはどうしても間違って来る」（「私は懐疑派だ」明治四一年四月）と。ここで言われているのは、交換価値からこぼれ落ちてしまうものを掬い上げるために見出された「内面」が、しかし、それが言葉として定着されてしまった瞬間、交換価値として流通しはじめてしまうというジレンマにほかならない。

そしておそらく、このジレンマに自覚的だったのは、結局、「内面」表象の欺瞞性に耐えられず文学を放棄してしまう二葉亭のほかには、文学において「人生に相渉る」ことを拒否し「空の空なるもの」を求めて死んでいった北村透谷（「人生に相渉るとは何の謂ぞ」明治二六年二月）、あるいは『文学論』（明治四〇年）において異様なフォルマリズムを試みながら小説を書きはじめていた夏目漱石、そして乃木将軍の殉死を受けて歴史小説と史伝に向かい「内面」の一切を描かなくなる森鷗外くらいのものだろう。

2 「自然」と「社会」

しかし、逆に言えば、自然主義文学から白樺派に至る近代日本文学の主流、つまり近代日本の個人主義文学は、この「内面」のジレンマを問わないところに成立していたということである。

たとえば、この国が産業革命を成し遂げつつあった明治三十年代に芽生え、日露戦争後に本格的に勃興する自然主義文学が、近代社会に対する落胆を描いて「幻滅時代の芸術」（長谷川天渓、明治三九年一〇月）を言い、「無解決の文学」（片上天弦、明治四〇年九月）を言い、その近代国家建設の「大きな物語」からこぼれ落ちていった人間の「露骨なる描写」（田山花袋、明治三七年二月）を言ったのだとしても、そこには、常に「内面」描写の社会的な意味が賭けられていたことには注意したい。

つまり、島村抱月が言う「總て有り来りのものを破り、今迄、従はなければならぬ、尊いものとして来た所のあらゆる権威に嫌ひなく、それ等のものを打ち破つて、素手で何等か新らしいものを求めようとする、一つの傾向」（「自然主義と一般思想との関係」明治四一年五月）こそが、あえて「絶望」を描く自然主義文学を支えていたということである。

実際、後に魚住折蘆は「自己主張の思想としての自然主義」（明治四三年八月）において、一見科学的で、「デテルミニスティック」（deterministic 決定論的）で「フェータリスティック」（fatalistic 運命論的）に見える自然主義文学のなかに、「オーソリテイ」（国家・家族）に対する青年たちの反抗精神を読み取り、それを近代的な「自己主張の精神」として評価することになるだろう。むろん、その魚住折蘆に反論して、人生を「観照」するだけの自然主義文学など、大逆事件で示された国家強権の前ではもはや何物でもないとして、「明日の考察――我々自身の時代に対する組織的考察」における「批評」を、すなわち中途半端な文学的反抗ではなく、政治的抵抗―革命（社会主義）を本気で渇望しはじめる石川啄木のような例外もあった（「時代閉塞の現状」明治四三年八月）。

しかし、後の大正文学は、啄木の「批評」を共有することはなかったのである。「時代閉塞の現状」が書かれたのと同じ明治四十三年、武者小路実篤の手によって次のような言葉が書かれていたことには留意したい。

自然の命に背くものは内に慰安を得ず、社会に背くものは物質的慰安を得ない。人は自然の命に従はなければならぬ。しかし社会の掟にそむくものは滅亡する。さうして多くの場合、自然に従ふものは社会から外面的に迫害され、社会に従ふものは自然から内面的に迫害される、人の子はどうしたらい丶のだらう。［…］之が［夏目漱石の］『それから』全体に顕はれたる問題だと思ふ。

終りに自分は漱石氏は何時までも今のま丶に、社会に対して絶望的な考を持つてゐられるか、或は社会と人間の自然性の間にある調和を見出されるかを見たいと思ふ。自分は後者になれるだらうと思つてゐる。さうしてその時は自然を社会に調和させやうとされず、社会を自然に調和させやうとされるだらうと思ふ。さうしてその時漱石氏は真の国民の教育者となられると思ふ。（「『それから』に就て」明治四三年四月初出、三三〇、三三二）

後に白樺派の中心人物として大正文学を牽引することになる武者小路実篤において、もはや「内面」表象に孕まれるジレンマはジレンマではなく、「社会と人間の自然性の間にある調和」は信じられており、なおかつそれは「人間の自然性」の側から、つまり「内面」の側から調和させられるものとして信じられていた。この白樺派的楽観主義は、「現実暴露」（長谷川天渓）[1]をくり返す自然主義文学の社会的スキャンダリズムを肯定的に裏返したときに出てくる態度だろう。社会的「外部の行為」を失ってしまった個人の「内面」を外に向かい、かって表象することによって、社会あるいは自己を変革し、両者の調和を図ろうとする姿勢、あるいは個性の伸張がそのまま普遍に通じることを信じて疑わぬ態度、つまり大正的人格主義のあり方である。

むろん、それは大正期に形成されつつあった「文壇」という温室に守られてのみ可能となる「夢」ではあった。しかし、その「夢」は、白樺派は言うまでもなく、佐藤春夫や菊池寛、また自然主義の暴露性を加速した葛西善蔵などの私小説をも規定していたものだった。ここに、文学的自己（芸術）を政治的地平（実生活）にまで敷衍《ふえん》する、大正期特有の「自我信仰」と、それに基づいた「芸術至上主義」が用意されることになる。

3　存在論的な問い――「批評」の胎動

しかし、この明治、大正と続いてきた「内面」あるいは「近代的自我」への信憑が疑われだすときが来る。その契機は大正十二年九月の関東大震災にあった。震災以後、時代は急に忙しくなり、その慌ただしさのなかに昭和文学は呑み込まれていった。

震災復興による都市社会の出現。また震災が引き金となって引き起こされた度重なる経済恐慌。そして普通選挙法施行（大正一四年）によって、いよいよその不気味な姿を現しはじめた「大衆」への不安感。あるいは、そこに、第一次世界大戦による破壊の動揺から生まれたロシア革命（一九一七年＝大正六年）の衝撃を加えてもいい。それらの内実については後に詳しく述べることになるが、注意したいのは、それら暴力的な事件の連続のなかで、ようやく「内面」の無力が自覚され、自我の自律性が疑われだしていったという事実である。

しかし、だとすれば、それでも現に、今、ここに存在している「この私」とは何なのか、あるいは「この私」を成り立たせているものとは何なのか。このとき初めて、近代日本の文学者たちは存在論的な問いに直面したのだと言ってもいい。もはや文明開化期における立身出世＝近代国家建設の物語に身を任せることはできない。とはいえ、激変していく社会に対して超然と構える自我への信憑もあり得ない。それなら、断片化していく世界のなかで、「この私」はどのような存在として現象しているのか、どのような生を生きているのか。この問いをめぐって、新感覚派文学の流行、芥川龍之介の自死、プロレタリア文学の興隆、そして小林秀雄の「批評」などが出来《しゅったい》してくることになる。言い換えれば、このとき初めて、近代日本を生きる「私」という存在が、本格的な「危機」に直面し、その解体の可能性に晒されていたということである。

　ただし、ここで確認しておきたいのは、前近代の記憶によって近代を相対化し得た二葉亭、漱石、鷗外の世代とは違って、再び近代を懐疑しはじめた昭和の文学者たちは、すでに西欧近代の文化的教養に浸り切った後に登場してきた世代だったということである。あるいは、昭和文学の特徴の一つを「世界的同時性」とした平野謙の指摘に従えば（次章詳述）、初めて同時代のヨーロッパの行き詰まりをも視野に入れながら自らの道を模索しはじめた世代だったと言うこともできる。

　なかでも、大正末期に流入してきたアヴァンギャルドにも、またロシア革命の実現によって勢いづいていたマルクス主義運動にも依拠しなかった小林秀雄において、その近代への疑惑は、とくに複雑な様相を呈さざるを得なかった。白樺派の影響から出発しながら、十九世紀のフランス象徴主義文学の洗礼を潜り、その限界にも直面していた小林秀雄の懐疑は、そのまま自分自身に対する懐疑へと折り重なり、その複雑さそのものが小林秀雄の「批評」を形作っていくのである。言い換えれば、近代の「危機」を、そのまま自己の「危機」（crisis）として摑み取り、それを「批評」（critique）として昇華すること。日本近代批評の地平が開かれたのはこの地点である。

　では改めて問おう。なぜ近代日本の「批評」は小林秀雄において誕生しなければならなかったのか？　また、なぜそれは昭和初年代だったのか？

おそらく前者の問いの先には、近代日本において「批評」とは何だったのかという問いが用意され、後者の問いの先には、近代日本がその限界を露呈しはじめていた時代的結節点への問いが用意される。そして、この二つの問いが交わる地点に近代日本の「宿命」の姿が仄《ほの》見えてくる。むろん、それは決して見やすい形をしていない。が、「近代」という時代を、今なお、我々が、強いられた条件として生きている限り、その実質はまず、ほかならぬ〝この私〟をめぐって紡がれた〈言葉＝文学〉のなかにこそ突き止めるべきものであるように思われる。

以下本論では、日本の〈近代＝自我の機構〉が危機を迎えていた昭和初年代の地平を理解するために、まず、それに同時代的影響を与えていた第一次世界大戦後のヨーロッパの文化状況を整理し（6章）、そのうえで、芥川龍之介の死、新感覚派の文学、プロレタリア文学などの大枠を描きながら（7、8章）、最終的には、そのなかから現れる初期小林秀雄の言葉の解釈へと向かっていきたい（9～11章）。その先で、単なる流行＝相対主義（新感覚派）にも、単なる理論＝客観主義（プロレタリア文学）にも、そして、単なる主観＝個人主義（芥川）にも還元できないものとしての「批評」が、つまり、小林秀雄によって創設された「批評」のかたちが明らかになってくるだろう。

「近代」をafter＝追っていったその先で、「近代」のafter＝背後に回り込むこと。このアクロバティックな身振りに、日本近代批評の開始は告げられていた。

註

▼1　長谷川天渓「現実暴露の悲哀」（『太陽』明治四一年一月初出、『長谷川天渓文芸評論集』岩波文庫所収）参照。

第6章

取り払われた「屋根」——第一次世界大戦と西欧

1 「世界的同時性」

先に指摘したように、明治・大正期に見られなかった昭和文学の特徴の一つとして「世界的同時性」を挙げることができる。『昭和文学史』のなかで平野謙は次のように書いていた。

横光利一から伊藤整にいたる文学が第一次世界大戦以後のヨーロッパの前衛芸術の影響から出発したことはあきらかだ。プロレタリア文学においても、大正六年（一九一七年）のロシア革命に直接刺激されて以来、ソヴェート文学理論の色こい影響のもとに発展していったことは断るまでもない。「前衛の眼を以て世界を描く」という主張から社会主義リアリズムの提唱にいたるまで、すべてソヴェート文学理論のほとんど同時的な移植にほかならなかった。そこには、二葉亭四迷や自然主義文学の場合のような大きな時間的なズレはもはやみられない。これはともあれ日本文学が世界文学の一翼として、世界の悩みを共通に悩みだしたことを意味していよう。（『昭和文学史』昭和三八年一二月、九）

実は、この「世界的同時性」という特徴は、平野謙が指摘する昭和文学の他の二つの特徴に共通するものだった。すなわち、「三派鼎立」――既成文壇・モダニズム文学・プロレタリア文学の三派の鼎立――と、「人間性の解体」という二つの性格である。

まず「三派鼎立」について言えば、それは、第一次世界大戦後に台頭してきたアヴァンギャルドの受容、あるいはロシア革命のインパクトがなければ成り立たない話だろう。大正期から続く既成文壇はともかく、未来派・ダダイズム・構成主義など、世界のアヴァンギャルド芸術運動の影響下に登場してきた新感覚派と、ロシア革命への共感のなかから立ち上がってきたプロレタリア文学とは、ともに第一次世界大戦後の「世界的同時性」において成立した文学運動だった。

また、「人間性の解体」という主題にしても、それは第一次世界大戦後の、ヨーロッパ近代の虚脱と疲弊という「世界の悩み」を――五年から十年ほどのズレはあったものの――「世界的同時性」において共有する以外には出てこない主題だろう。要するに、ヨーロッパにおける十九世紀的なるものの没落を、そのまま日本の大正的なるものの没落に重ね合わせ、それを「人間性の解体」という二十世紀的課題において把握しなおす場所、そこに昭和文学の地平が開かれていたということである。

では、第一次世界大戦によって破壊された十九世紀的なるもの、あるいは、そこで危機を迎えていた「人間性」とは何だったのか。また、その「人間性」の限界で見出されていた二十世紀的課題とは何だったのか。本章では、まずヨーロッパにおける近代への疑惑に視線を向け、昭和文学の地平を形作っていたその前提条件を整理しておきたいと思う。

2　第一次世界大戦の衝撃

第一次世界大戦がヨーロッパに与えたダメージは決定的だった。後にジョージ・スタイナーが、「第一次世界大戦が残した現実の風景、あの破壊された台地、えぐられた野原の傷跡は、一九三九年から四十五年にかけて第二次世界大戦が残した傷跡よりずっと深い」と書いたが、それは確かに、ヨーロッパ近代が営々と築き上げてきた「十九世紀の神話」、あるいは「想像上の自由主義文化の楽園」を徹底的に破壊したという意味で決定的だった（『青髭の城にて』一九七一年）[1]。

大戦を引き起こしたのは一つの銃撃事件だった。一九一四年六月二十八日、オーストリアの皇太子夫妻がボスニア州サラエボで銃撃されたのを切掛に、まずオーストリアがボスニアに宣戦布告し、それが、オーストリアの背後にいたドイツ、そしてボスニアの背後にいたロシアを動かし、また後にフランス、イギリスをも巻き込みながら、戦線は一気に「世界大戦」と呼ばれる規模にまで拡大していった。

当初、「落ち葉の散る頃」、「クリスマスまで」には終結するだろうと言われてはじまった戦争は、しかし、最終的には三十六ヵ国を巻き込んで四年三ヵ月にわたって戦われた史上初の「総力戦」となった。前線と後衛とを区別せず、国民生活の全て――資源力・経済力・産業力・情報力など――を総動員して戦われる〈全体戦争＝総力戦〉において、誰も国家と無縁に生きることはできなかった。人はみな、群れのなかで匿名のままに死んでいく恐怖に直面しながら、その外部なき力＝戦争のなかに巻き込まれていった。

しかも、それはヨーロッパ自らが培った近代科学文明の成果――機関銃、毒ガス、戦車、戦闘機

――によって自らの文明を破壊するといった自己破壊的な様相を呈した。その結果、塹壕戦による「シェルショック」(PTSD)などの新たな戦争後遺症者も含め、第一次世界大戦は、戦死者八五六万人、行方不明者七七五万人、負傷者二一二〇万人、また非戦闘員の死者一〇〇〇万人という未曾有の被害をヨーロッパにもたらした。フランスにおいては第二次世界大戦の一・四倍(一八〜二八歳の人口の三分の一)、イギリスに至っては第二次世界大戦の三倍の死者を出したと言われる。しかも、このヨーロッパの動揺は、結局、伝統ある二つの帝政――帝政ロシアとハプスブルク王朝を崩壊させ、後に三つの全体主義国家を、すなわちロシアにおけるコミュニズム国家と、イタリア、ドイツにおけるファシズム国家を生み出すことになるのだった。

しかし、その影響は単に物理的・政治的側面だけで測られてはならない。第一次世界大戦が破壊したのは、何よりもヨーロッパの「精神」そのものだった。たとえば、第一次世界大戦の衝撃から叢生してくるアヴァンギャルドの諸運動――ダダ宣言(一九一七年)、シュルレアリスム宣言(一九二四年)――がその「精神」の動揺の一端を示している。大戦の最中、ルーマニアからチューリッヒに逃げていたトリスタン・ツァラは、その地で「DADAは何も意味しない」と語り、そのナンセンスの果てで「現在(戦争中)の列強諸国と諸個人の気まぐれのなかで、世界大サーカスの豊穣な大車輪を回転させるのだ」(『ダダ宣言』)と宣言してみせるだろう。▼2 また、後にそのツァラをチューリッヒからパリに呼び寄せることになるアンドレ・ブルトンは、大戦の最中、担架兵として十日間塹壕戦に送られた経験、あるいは精神疾患をきたした兵士への聞き取りの衝撃から、戦後、「理性によって行使されるどんな統制」(『シュルレアリスム宣言』)からも逸脱する「無意識」の可能性を見出し、シュルレアリスム運動へと踏み出していくことになるのだった。[3]

3 「精神の危機」――個室を奪われた人々

だが、ここはまず、ヨーロッパの「精神」の側にいた人間の言葉を引いた方が、事態は見えやすくなるかもしれない。たとえば、十九世紀フランス象徴主義――ボードレール、マラルメ――の系譜を引き継いで、文学を「知性」の極北にまで追い詰めていたポール・ヴァレリーは、しかし、戦後直後の一九一九年四月に次のように書くことになる。

比類のない戦慄がヨーロッパの骨の髄を駆け抜けました。ヨーロッパは、その全思考中枢によって、自分をもはや自分と認識できないと、自分が自分に似るのをやめたと、意識を失いそうだと感じたのです。その意識とは、数世紀にわたって続いたにせよ忍耐が可能であった不幸によって、多数の一流の人たちによって、そして地理的、民族的、歴史的な数え切れない幸運によって獲得された意識なのです。

事実は明白で冷酷です。数千もの若い作家や芸術家が死にました。ヨーロッパ文化に対する幻滅がありましたし、知識がなにものをも救えないことが証明されました。[…]あまりにも突然の、激しい、心揺さぶる出来事、ネコがネズミを弄ぶように、わたしたちの思想を弄ぶ出来事のために懐疑主義者自身が面食らってしまいました。――懐疑主義者たちは自らの疑いを失い、再び見つけたかと思うと、また失い、自らの精神の運動をどう使っていいのかもう分からないのです。船の揺れが激しすぎたために、一番うまく吊るされていたランプでさえも、ついにはひっくり返ってしまったというわけです。（「精神の危機」*The spiritual crisis*, 1919―初出はロンドンの週刊雑誌『アシニーアム』*Athenaeum*『ヴァレリー・コレクション　上』七〇～七一、七三～七四）

この「精神の危機」というエッセイの冒頭、まずヴァレリーは「わたしたち文明は、今や、わたしたちもまた死すべき運命にあることを知っています」と書いていた。ヨーロッパと自分とを重ね合わせながら、その「自分が自分に似るのをやめた」と言うのである。では「自分」とは何か。それは、懐疑主義者の懐疑をも可能にしていた「ランプ」、つまり、世界を照らし、それを意味づけし秩序化することを可能にしていた〈光＝精神〉である。徹底化されたデカルト的懐疑も、ついに「疑っている私は疑えない」という「精神」（神に直結するコギト―Cogito）に突き当たって、その暴走を抑えることができた。が、もはや、思考し懐疑しているその「精神」こそが疑わしい。それは主体的な自律性を要求できず、「突然の、激しい、心揺さぶる出来事」に弄ばれ、抑えきれない感情に動かされるだけの、弱く受動的な存在にすぎないのではないか。それなら、「人間」とは、世界を捉える中心ではなく、逆に世界に翻弄される周辺的で断片的な存在でしかないのではないか。

この疑惑はまた、かつてのヴァレリー自身が描いた「ムッシュー・テスト」の不可能性をヨーロッパに突きつけていた。「デカルトの生活はこのうえなく単純である」という言葉をプロローグに掲げた「ムッシュー・テストと劇場で」（*La soirée avec Monsieur Teste*, 1896―戦前に小林秀雄自身が「テスト氏との一夜」として翻訳）においてヴァレリーは、自身の「明晰をめざす自分の限りない欲求、信念や偶像への軽蔑、容易への嫌悪」、あるいは、自らを操り「操られることをのぞまない」といった十九世紀的ヨーロッパの「自意識」を、一人アパルトマンの最上階に暮らすテスト氏――Teste は tête「頭」「脳髄」の古い綴りだという――のなかに造形していた。[▼4]

だが、第一次世界大戦の嵐は、その「事物と自分自身への純粋な観察」を行うための部屋を吹き飛ばしてしまったのである。そのとき、個室を奪われた人々は、街路に投げ出され、根を絶たれ、階級を失い、断片となり、「大衆」となるほかはなかった。

だから、第一次世界大戦後の廃墟に見捨てられた人々の悲惨さは、たとえばハンナ・アーレントが言うように、「ムッシュー・テスト」が示すような「孤独（solitude）」の相ではなく、「大衆」が示していた「孤立（loneliness）」の相でこそ論じられるべきだろう。『全体主義の起原』の第三部「全体主義」のエピローグでアーレントは次のように言う。

Loneliness は孤独 solitude ではない。孤独は一人でいることを必要とするに反して、loneliness は他の人々と一緒にいるときに最もはっきりとあらわれて来る。［…］lonely な人間（eremos）は他人に囲まれながら、彼らと接触することができず、あるいはまた彼らの敵意にさらされている。これに反して孤独な人間は独りであり、それ故「自分自身と一緒にいることができる」。人間は「自分自身と話す」能力を持っているからである。［…］Loneliness をこれほど堪えがたいものにするのは自己喪失ということである。［…］Lonely な状況においては、人間は自分の思考の相手である自分自身への信頼と、世界へのあの根本的な信頼というものを失う。人間が経験するために必要なのはこの信頼なのだ。自己と世界が、思考と経験をおこなう能力が、ここでは一挙に失われてしまうのである。(『全体主義の起原3全体主義』三二〇～三二二)

ここには、十九世紀＝ヴァレリー的スタイルである「孤独(solitude)」と、二十世紀＝「大衆」的病である「孤立(loneliness)」の違いが端的に述べられている。たとえば、若きヴァレリーがボードレールやマラルメを学び、枕頭において愛読した書物は、世紀末デカダンスの聖書とも言われるジョリス＝カルル・ユイスマンス著『さかしま』(*A REBOUS*, 1884)だったという[5]。しかし、『さかしま』の主人公デゼッサントが、いくら十九世紀末のブルジョワ社会に絶望し、パリ郊外の館に隠遁して精緻な人工楽園のなかにデカダンな孤独を囲っていたのだとしても、そこではまだ「自分自身と一緒にいること」ができた。

しかし、大戦は、デゼッサントの館の屋根を取り払ってしまったのである。その時、人は、「他人に囲まれながら、彼らと接触することができず、あるいはまた彼らの敵意にさらされ」ながら、雑踏のなかを彷徨うことを強いられた。この、階級や中間共同体の網目からこぼれ落ちてしまった人間の不安感、あるいは孤立感、共同性への飢渇感こそが、個人を超えた激烈な大衆運動を渇望させ、後の「全体主義」を用意したことは言うまでもない。

とすれば、このとき、孤独のうちにある個人の「内面」に、その根拠をおいてきた「小説(ロマン)」もまた危機に瀕していたことは確実だろう。

たとえば、ヴァルター・ベンヤミンは[6]、「長編小説の危機」(一九三〇年)において、大戦後急速に広まっていった「叙事的なもの」——ブレヒトの叙事演劇、情報の断片のツギハギでできている実験小説、複製技術による映画芸術、ダダイズムなど——に注目し、そこに共通して見られる「モンタージュという様式原理」のなかに、「長編小説（ロマーン）を破砕する」ものを見出していた。第一次世界大戦によって「経験を交換するという能力」が著しく損なわれたとき（「物語作者」一九三六年）、もはや宗教的、一回的なアウラを帯びた芸術、文学に対する個人的な「精神集中」という知覚のあり方が不可能になり、そこから逆に、複製技術によって情報の断片——小市民的な印刷物、スキャンダル、アクシデント、俗謡、広告——をモンタージュし、大衆の「無意識」への呼びかけを通じて、それを「気散じ」のなかで受容させる非個人的な芸術が台頭してくるというのである（「複製技術時代の芸術作品」一九三六年）。

おそらくこの、ベンヤミンが描く「精神集中」から「気散じ」へという第一次世界大戦後の文化状況は、先にアーレントを介して指摘した「孤独（solitude）」から「孤立（loneliness）」へといった第一次大戦後の人間的状況に対応している。もはや、「孤独（solitude）」な個人の内面を精緻に描く「小説」が不可能であるなら、逆に「他の人々と一緒にいるときに最もはっきりとあらわれて来る」「孤立（loneliness）」感をこそ拾い上げ、それをモンタージュ式につなぎ合わせ、そこに新たな非個人的芸術世界（叙事演劇・映画）を立ち上げること。そこにあるのは、近代＝個人主義を支えてきた「精神」の無力感と、その「精神」によって吊り支えられてきた統一的世界像が砕け散った後の断片的感覚と、そして、それらを再び縫合した先に現れるはずの〈全体性＝ユートピア〉への渇望である。実際、この近代＝個人主義の超克と、その先に現れる〈私を超えたもの＝全体性〉に対する各人各様の模索と苦闘のなかに、後の二十世紀現代思想はその姿を現していた。ハイデガーの存在論、バタイユの内的体験、T・S・エリオットの古典主義、ウィトゲンシュタインの論理哲学、オルテガの大衆批判など、それらの〝新しい思想〟は、ことごとくこの「戦後」という状況に棹さしていた。

4　『アクセルの城』

ところで、この「精神」の無力感と、その後の断片的感覚と、「全体性」への渇望という、同時代的感覚を一冊の文学論として纏め直し、大戦後の現代文学の課題と展開を見定めようとした本がある。「一八七〇年から一九三〇年にいたる文学の研究」という副題を持つ、エドマンド・ウィルソン著『アクセルの城』[7]がそれである。

『アクセルの城』の冒頭、まずE・ウィルソンは十九世紀文学史の概略を次のように確認する。「愛、旅行、政治といった、経験それ自体のために経験を求めること、人生のさまざまな可能性を試すこと」に自らを賭け、ときに社会に反抗していた十九世紀前半の初期ロマン主義（シャトーブリアン、バイロン、ワーズワースなど）が、しかし時代が下るにつれて次第に疲弊していく様子を描き出すのである。そして、その延長線上に、「産業革命と中産階級の勃興によって産みだされた功利主義社会」への無力感から、社会に対する無関心のなかに文学的自意識を練磨し、「想像力と思考」のなかにだけ人工楽園の可能性を見つめる十九世紀末の象徴主義文学（ポー、ボードレール、マラルメ）が生み出されていった必然を指摘するのだ。その際、E・ウィルソンは、象徴主義文学の運命を予告するものとして、ヴェリエ・ド・リラダンの『アクセル』（AXEL, 1890）を取り上げる。

『さかしま』のユイスマンスが、その初版校正に当たって完成させたというリラダンの絶筆作品『アクセル』は、まさしく世紀末象徴主義の見本とも言うべき作品（レーゼドラマ）だった。その主人公であるアクセル伯爵は、人里離れた古城で、先祖が隠し持った財宝を守りつつ、薔薇十字会員から錬金術の奥義を授けられるのを待って暮らす精神的貴族として描かれる。が、そんなある日、修道院を抜け出してきたサラという女性と出会ってしまうところからドラマは急展開していく。

一目でアクセルとの恋に落ちたサラは、アクセルの財力と二人の幸福とに恍惚となって「若さ！　自由！　目眩のするような私たちの権力！」と叫びながら、「この地上へおいでなさい、ここへ来て生きて下さい！」とアクセルを誘うが、アクセルは、それを拒んで「生きる？　そんなことは下僕共がやってくれるさ」と吐き捨て、サラとの心中をこそ望むだろう。[8] 果たして、アクセルの夢を受け入れることになるサラは、恋人と共に毒杯を仰ぎ、歓喜のうちに息絶えていくのだった。ここには、詩人が占めるべき位置を見出せない地上世界への絶望と倦怠、そして、ブルジョワ的功利社会において「無」でしかなくなった自らを、ならば、その「無」として実現してみせようという強烈な意志の姿が定着されている。

しかし、第一次世界大戦の体験は、そんな文学のあり方を変えてしまうのだった。E・ウィルソンは、二十世紀において、十九世紀文学が歩んだ「アクセルの道」とは違う、「ランボーの道」が台頭しつつあることを指摘して、次のように書く。

どうしても社会に関心を持ちかねる作家にとっては、取るべき道は、アクセルの道かランボーの道か、二つに一つしかない。もしそのうちの前者であるアクセルの道を選ぶならば、人はみずからを自分だけの私的な世界に閉じこめて、ひたすら自分の私的な幻想を追いもとめ、自分の私的な熱狂を奨励し、窮極的には自分の不条理きわまる妄想をどんなに驚くべき同時代の現実よりも好み、窮極的には自分の妄想を現実と見誤ることになる。もし、第二のランボーの道を選ぶならば、人は二十世紀をあとにしようとすることになる。――現代の工場生産法や現代の民主的諸制度がまだ到来しないためにいかなる問題も芸術家に対して提起していないどこかの国で、良き生活を発見するために。本書において扱ってきた作家たちは、概してアクセルの道を選んでいる。しかし大戦後の時代は、ランボーの道を歩んだ作家たちの例を、ほとんど同じ数だけ提供している。（『アクセルの城』三六八〜三六九）

十七歳で「見者《ヴォアイヤン》」になることを夢見て詩作に踏み出したランボーは、しかし、その二年後には既に、「何の罪、何の過ちあって、俺は今日の日の衰弱を手に入れたのか」[9]と嘆きながら、『地獄の季節』によって己の青春＝文学を葬り去ることになるだろう。後に、ヴェルレーヌと別れ、アフリカの砂漠へと向かったランボーは、二度と文学に帰ってくることはなかった。ヨーロッパ文学の自意識の洗練を「衰弱」と断じ、より行動的で肉体的、より野蛮で無垢な大地へ向かうこと。あるいは、それが不可能でも、ヨーロッパの「精神」に非西欧的、非キリスト教的、非中産階級的な「ざらざらした現実」（la réalité rugueuse）[10]を突きつけ、文明社会の解体と再構築を試みること。

しかし、それはランボーに限った話ではない。たとえば、第一次世界大戦後に、「ランボーの道」を歩み始めた文学者として、E・ウィルソンは、D・H・ロレンス――「メキシコの朝やサンタ・フェおよびオーストラリア探検」者——を挙げていた。が、E・ウィルソンの指摘以外にも、たとえば、ヨーロッパへの呪詛によって『夜の果の旅』を書き上げたセリーヌ、あるいは第一回「ダダの夕べ」（一九一六年七月一四日）で「黒人詩篇」を朗読したトリスタン・ツァラ[11]、また「ランボーは人生の実践その他においてシュルレアリストである」[12]とその宣言文に書き付けたアンドレ・ブルトン、そしてバリ島演劇のパリ公演（一九三一年）を機縁として後に「残酷演劇」を唱え始めるアルトーなど、非西欧世界への眼差しによって自らの芸術を鍛え上げようとする衝動の数を数え上げれば、切りがないだろう。

　ただし注意したいのは、E・ウィルソン自身は、「アクセルの道」も、また「ランボーの道」も選ぼうとはしなかったという点である。文明化されたアジア、アフリカには、もはや希望が持てないと言うE・ウィルソンは、そこから〈第三の道〉を、つまり客観（古典主義・自然主義）と主観（ロマン主義・象徴主義）の間を揺れ動いてきたヨーロッパ文学史の「振子運動」がいつか「停止する」地点を思い描きはじめるのである。そして、次のように言う。その「振子運動」が止まるとき、「かつての人間の知ったいかなるものよりも豊かで精妙、複雑、完全な人間の生とその宇宙との実相を提供してくれるのを見ることができるかもしれない」と。むろん、この言葉の背後には、二十世紀における新たな「絶対知」（ヘーゲル）＝ロシアでの共産革命に対する期待が透けて見える。実際、E・ウィルソンは、『アクセルの城』の九年後に発表した『フィンランド駅へ——革命の世紀の群像』（*To the Finland Station: A Study in the Writing and Acting of History*, 1940）において、ロシア革命——つまり「振子運動」が停止する地点——に至るまでのおよそ百年間のヨーロッパ思想史を詳細に跡づけることになるだろう。

5 「政治」への道

しかし、私は、ヨーロッパ文学の運命を見届けようとして、E・ウィルソン『アクセルの城』を引いたわけではない。それを見たのは、『アクセルの城』が提示した三つの道――「アクセルの道」と「ランボーの道」、そして敢えて名づけるならE・ウィルソン自身の「政治への道」――が、「世界的同時性」(平野謙)を生きる昭和初年代の文学者たちとも無縁ではないと考えるからである。じじつ、『アクセルの城』は、それが出た一九三一年の翌年には伊藤整の手によって日本の文壇にも紹介されていたのだし(「新心理主義文学」昭和七年=一九三二年)、後に佐伯彰一は、「『私小説論』再訪」(昭和五九年一一月)のなかで、昭和初年代における文学地図を描いた小林秀雄の「私小説論」(昭和一〇年=一九三五年)が、その「図式的な歴史観」や「一種歴史的な機能主義とでもいった態度」において、E・ウィルソンの『アクセルの城』と類似していることを指摘するだろう。

なるほど、改めてE・ウィルソンが提示した道を、昭和初年代の文学状況に引き比べてみれば、その問題のあり方が驚くほど似ていることに気づく。たとえば、「アクセルの道」の閉塞は、関東大震災と芥川龍之介の「死」によって、その限界を露呈しはじめていた芸術至上主義の行き詰まりに似ており、「ランボーの道」は、まさにランボーを介してフランス象徴主義文学=ボードレールの「自意識」から脱出しようと足掻いていた初期小林秀雄の模索、あるいは――ウィルソンとは別に、そこにダダイズムやシュルレアリスムも含めるとすれば――ヨーロッパのアヴァンギャルド芸術を吸収して立ち現れていた昭和初年代のモダニズム文学や新感覚派文学が向かった方向性と一部重なっている。そして、ウィルソン自身が夢見た「政治への道」は、芥川の死を乗り越えようとしていた政治＝文学、つまり個人主義文学を超克せんとして組織されたプロレタリア文学の道だったと言うことができる。

とはいえ私は、日本における昭和初年代の文学地図が、ヨーロッパにおける第一次世界大戦後の文学地図とぴたりと重なるとは考えていない。ただ、近代日本の「批評」のかたちを見定めるためにも、一度はヨーロッパの文学地図によって昭和初年代における問題の地平を整理しておくことは無駄ではないと考えただけだ。というのも、後で見るように、まさにその図式からはみ出た部分にこそ、近代日本の独特の閉塞と困難、その課題と試行が見出されるからである。

小林秀雄の苦闘、あるいは近代日本の「批評」が孕まれるのは、第一次世界大戦後のヨーロッパ近代の虚脱と疲弊といった主題を共有しながら、なお、この「世界の悩み」（平野謙）からも微妙にはみ出した部分においてだった。

註

▼1 ジョージ・スタイナー『青髭の城にて――文化の再定義への覚書』桂田重利訳、みすず書房／George Steiner, *In Bluebeard's Castle: Some Notes Towards the Re-definition of Culture*, 1971)。

▼2 ツァラ『ムッシュー・アンチピリンの宣言――ダダ宣言集』（塚原史訳、光文社古典新訳文庫、平成二二年八月）参照。

▼3 アンドレ・ブルトン『シュルレアリスム宣言・溶ける魚』（巖谷國士訳、岩波文庫、平成四年二月）参照。

▼4　ポール・ヴァレリー『ムッシュー・テスト』（清水徹訳、岩波文庫、平成一六年四月）を参照。ただし本文での引用文は、二度目の英訳がパリで刊行された際（一九二五年）に付せられた「序」からとっている。

▼5　清水徹『ヴァレリー――知性と感性の相克』（岩波新書、平成二二年三月）参照。

▼6　ヴァルター・ベンヤミンの引用に関しては、全て浅井健二郎編他訳の『ベンヤミン・コレクション1～4』（ちくま学芸文庫）から。

▼7　以下の引用は全て、エドマンド・ウィルソン『アクセルの城――一八七〇年から一九三〇年にいたる文学の研究』土岐恒二訳、ちくま学芸文庫／Edmund Wilson, *Axel's Castle: A Study in the Imaginative Literature of 1870―1930*, 1931）より。

▼8　『アクセル』の邦語は、斎藤磯雄訳『ヴィリエ・ド・リラダン全集　第三巻』（東京創元社、昭和五四年四月）より引用。

▼9　ランボー、詩篇「朝」『地獄の季節』（小林秀雄訳、岩波文庫）。

▼10　前掲書、「訳者後記」。

▼11　ツァラ、前掲書「解説」参照。

▼12　アンドレ・ブルトン、前掲書。

第7章

近代日本の「不安」——関東大震災、新感覚派、芥川龍之介の死

1 関東大震災（一）——〝大正的なるもの〟の切断

第一次世界大戦はヨーロッパには破壊をもたらしたが、この極東の島国には空前の好景気をもたらした。日英同盟に基づき大戦に参戦した日本は、戦争で手一杯なヨーロッパを尻目に中国市場を独占し、全世界に自国商品を次々と売り込んでいった。なかでも、世界的な船舶不足のために価格が高騰した海運業、造船業、鉄鋼業などは空前の活況を呈した。

その結果、大戦が始まる前には十一億円の債務国だった日本は、大戦後の大正九（一九二〇）年には二十七億円の債権国に転じており、またイギリス、アメリカに次ぐ世界第三位の海運国にまで成長していた。ただ、その一方で、急激な経済成長に伴ったインフレーション、格差の拡大、米騒動などの社会問題も頻発していた。だが、それも社会の上層の空気を変えるまでには至らなかった。第一次世界大戦の戦勝国として世界の五大国（国際連盟の常任理事国）の仲間入りをした日本は、対外的緊張を強いられていた明治時代とは違う、いわゆる「大正デモクラシー」の〝緩み〟を初めて許されたのだった。

むろん、その〝緩み〟の影響は文学界にも及んだ。読書人口の急激な増加によって、ようやく原稿料や印税で生活できるようになった作家たちは、正宗白鳥の言葉を借りれば、初めて「世間人として、世を広く住んでいるらしく見られるようになった」のであり、明治時代には考えられなかったほどに「空前なはでな存在」と成り得たのだった（『文壇五十年』昭和二九年）。

しかし、そんな時代の空気も長くは続かなかった。関東大震災によって文壇の空気は一変してしまうのである。たとえば、昭和の文学者として、後にプロレタリア文学を担うことになる中野重治は、大正文学に対する違和感と当時の文学状況の変化について、『歌のわかれ』のなかで次のように描いている。


たしかに「大正期に活躍していた」作家というものにたいする一脈の疑惑といえるものがあった。いったい作家とは何なのか、彼らはどういう生活の仕方をしているのだろうか。［…］彼らは、彼らの朝飯の中身が世の中に知らされることまでもを享楽しているらしく、そのことが安吉に、ときには無邪気で清潔に、ときには馬鹿馬鹿しくまた思いあがった態度に受け取れるのであった。

安吉の文学少年らしい眼から見て日本の文壇自身一つの転換期に来ているらしくもあった。いままでの文学の主流に対して、新しい感覚ということを振りかざす若い作家のグループが現われ、またプロレタリアートというものを何らかの意味で文学の基礎としようとするグループが現われていた。これらのグループや流れのあいだには、活発な言葉の投合いがさかんにつづけられていたが、この言葉の投合いということ自身、それから投げ合わされる言葉そのものも、すべて大地震を境にとして、新しく生まれ、また新しい性質を持ってきたように安吉には見えた。（『歌のわかれ』昭和一五年初版、二

五二―二五四）

安吉の見た、この「言葉の投合い」は確かに昭和文学における新しい現象だった。後に、横光利一は「大正十二年の関東大震災は日本国民にとっては、世界の大戦と匹敵したほどの大きな影響を与えている」（「異変・文学と生命」昭和九年一月）と書いたが、このときから日本でも、「アクセルの道」の閉塞と、「ランボーの道」の模索と、そして「政治への道」に対する渇望が現れ出すのであり、その方向性をめぐって「活発な言葉の投合いがさかんに」なりはじめるのである。

もちろん、第一次世界大戦と、日本の、しかも関東に限られた震災とを同列に見る横光利一の言葉は大げさなものかもしれない。だが、大正文壇の生みの親とも言える菊池寛までが後に、「震災は、結果に於いて、一つの社会革命だった」と書いていることまでを確認すれば、長く芸術至上主義の空気のなかにあった大正文壇にとって、震災の衝撃がいかに大きかったかが分かる。菊池寛は続けて言う、「財産や地位や伝統が、滅茶苦茶になり実力本位の世の中になった。［…］我々文藝家に取って、第一の打撃は、文藝と云ふことが、生存死亡の境に於いては、骨董書画などと同じやうに、無用の贅沢品であることを、マザマザと知ったことである」（「災後雑感」大正一二年一〇月）と。

では、関東大震災は、〝大正的なるもの〟の切断とともに何をもたらしたのか。また、それ以後に形成された昭和文学の地平とはどのようなものだったのか。以下本章では、関東大震災後の新感覚派文学の興隆と、その横で「ぼんやりした不安」を口にして死んでいった芥川龍之介の運命とを確認しておきたい。そこには、近代日本文学が、その「内面」の不可能性を突きつけられたときの最初の「不安」の色が現れていた。

2　関東大震災（二）——新感覚派・横光利一

大正十二（一九二三）年九月一日午前十一時五十八分、関東地方はマグニチュード七・九の大地震に見舞われた。昼時ということもあって、東京市内百数十ヵ所から火の手が上がり、市街地の四十四パーセント、本所・深川などの隅田川以東の下町地域に至っては九十パーセントが焼失したと言われる。死者行方不明者十万人以上、被害世帯五十七万戸、罹災者三百四十万人という近代日本史上最大の被害をもたらしたこの震災は、後に関東大震災と呼ばれることになる。

またその際、戒厳令が敷かれるなかで社会不安も高まった。社会主義者、朝鮮人による暴動、放火、井戸に毒を入れたなどの流言蜚語によって、朝鮮人と誤認された日本人を含めて数千人の市民が自警団の手で虐殺されたという。また、その混乱に乗じて、アナーキストの大杉栄と、その七歳の甥、そして愛人の伊東野枝が甘粕正彦率いる憲兵隊によって殺されるといった事件も起きた。後に、東京帝国大学で小林秀雄と同窓となる中島健蔵は、そのときのことを振り返って次のように述べている。「とくにわたくしが恐ろしく思ったのは、へいぜい特別に残虐でもなんでもなく普通の生活を送っている人間が、興奮したときには何をするかわからない、という事実だった」、そして、震災以後、「もともと心の中にひそんでいた社会に対する不信用、そして、少数者の意識、孤独感、それが大震災の体験によってひどくなった」（『昭和時代』昭和三二年）と。

しかし、なかでも震災がもたらした人間の感情の変化に注目し、その後の文学状況について最も示唆的な言葉を書いたのは芥川龍之介だった。

災害の大きかつただけにこんどの大地震は、我我作家の心にも大きな動揺を与へた。我我ははげしい愛や、憎しみや憐みや、不安を経験した。在来、我我のとりあつかつた人間の心理は、どちらかといへばデリケエトなものである。それへ今度はもつと線の太い感情の曲線をゑがいたものが新に加はるやうになるかも知れない。[…]また大地震後の東京は、よし復興するにせよ、さしあたり殺風景をきはめるだらう。そのために我我は在来のやうに外界に興味を求めがたい。すると我我自身の内部に、何か楽みを求めるだらう。[…]前の傾向は多数へ訴へる小説をうむことになりさうだし、後の傾向は少数に訴へる小説を生む筈である。(「震災の文藝に与ふる影響」大正一二年九月、一八九~一九〇)

芥川は、これまでデリケエトな人間心理の襞を描いてきた在来の文学が後退し、震災時の「はげしい愛や、憎しみや憐みや、不安」を反映したような「もつと線の太い感情の曲線をゑがいたもの」が興隆してくることを予感する。また、それが江戸情緒を残す水の都東京ではなく、廃墟のなかに計画された近代都市＝帝都東京の殺風景のなかに展開されたとき、在来の大正文学は、外界に背を向けてますます私の内にこもり、逆に、新たな文学は私の外にある大衆に向けてますます活発に動きはじめるだろうと予言する。

そして事態はおおよそ芥川龍之介の指摘通りに推移した。たとえば、磯田光一が『思想としての東京』(昭和五三年)のなかで指摘したように、関東大震災後に作成された「東京都市計画地域図」(大正一四年一月)は東京の風景を一変させた。世田谷・杉並などの東京の西半分を「居住地区」、千代田周辺の中心部を「商業地区」、そして、両国・浅草がある隅田川以東の下町地域を「工業地区」とした東京の復興計画は、新上京者の住む西側が、伝統的感性を生きる下町地元民の東側を封じ込めるといったかたちで描かれた。同時に、不燃不焼の鉄筋コンクリートによる同潤会アパートの建設、オフィス街（丸ビル）の開発、コンクリート大橋、川沿いプロムナードの整備などによって、畳・障子・襖の木造家屋での生活世界、あるいは向こう三軒両隣の共同感覚は次第に後退していった。また大衆消費社会の加速とともに、震災後は、〈触れる＝群れる〉ことで共同性を交感する「浅草的なるもの」が後退し、逆に、「モガ・モボ」現象、「銀ブラ」現象などに象徴されるように、街を〈眺める＝演じる〉ことによって西洋という記号を消費する「銀座的なるもの」が台頭してくるだろう（吉見俊哉『都市のドラマトゥルギー』昭和六二年）。

そんななか、現れたのが新感覚派の文学――主に横光利一、川端康成、今東光、中河與一、片岡鉄兵などによる――だった。それは、土地との繋がりを失い、都市の消費社会のなかへと囲い込まれていった「大衆」の動揺、あるいは流動化し断片化していく都市社会の不定形性を反映した文学だった。たとえば、後に横光利一は、新感覚派が生まれてくる文学的土壌について次のように振り返っている。

大正十二年の大震災が私に襲つてきた。そして私の信じた美に対する信仰は、この不幸のために忽ちにして破壊された。新感覚派と人人の私に名づけた時期がこの時から始まつた。眼にする大都会が茫茫とした信ずべからざる焼野原となつて周囲に拡がつてゐる中を、自動車といふ速力の変化物が初めて世の中をうろうろとし始め、直ちにラジオといふ声音の奇形物が顕れ、飛行機といふ鳥類の模型が実用物として空中を飛び始めた。これらはすべて震災直後わが国に初めて生じた近代科学の具象物である。焼野原にかかる近代科学の先端が陸続と形となつて顕れた青年期の感覚は、何らかの意味で変らざるを得ない。（「解説に代へて（一）」昭和一六年一〇月初出、五八四〜五八五）

横光は、震災によってそれまでの「美に対する信仰」が破壊されてしまったのだと言う。「美」とは、大正的なるものによって支えられていた文学、つまり「私」と「自然」は調和するはずだという信憑に吊り支えられていた芸術世界のことだと言っていい。それは、たとえば、「僕の前に道はない、僕の後ろに道は出来る。ああ、自然よ、父よ、僕を一人立ちさせた広大な父よ」（高村光太郎「道程」大正三年）と、かつて歌われていた世界のことだと言うこともできる。そこには確かに「私」と「自然」が交感することによって立ち現れる「美」の世界があった。

しかし、震災は、「私」と「自然」との安定した関係を絶ってしまったのである。そして横光は、震災後の焼け野原に、「速力の変化物」としての自動車や飛行機などの機械が現れ、「ラジオといふ声音の奇形物」によって声のコピーが無数に撒き散らされたとき、人間は世界に対する馴染み深さを失って、青年たちの「感覚」は変わらざるを得なかったと言うのだ。

そして、この新しい時代の「感覚」に、最も適した小説的形態を与えたのも横光利一だった。『昭和文学盛衰史』（昭和四〇年）のなかで高見順は、「私たち若い世代のかねて求めていた、渇えていた文学が、初めて現れた。そんな気持ちで『文藝時代』の創刊号を迎えた」と記しているが、その『文藝時代』の創刊号（大正一三年一〇月）に掲載されていたのが、横光の「頭ならびに腹」だった。「未来派、立体派、表現派、ダダイズム、象徴派、構成派、如実派のある一部、これらは総て自分は新感覚派に属するものとして認めている」（「新感覚論」大正一四年二月、『文藝時代』掲載当時の原題は「感覚活動」）と後に横光自身が言うように、そこには確かに、第一次世界大戦後に興ったヨーロッパのアヴァンギャルド芸術にも通じる、アンチ・ヒューマニズムの新しさがあった。


真昼である。特別急行列車は満員のまま全速力で馳けていた。沿線の小駅は石のように黙殺された。

［…］突然列車は停車した。暫く車内の人々は黙っていた。と、俄に彼等は騒ぎ立った。［…］車掌は人形のように各室を平然と通り抜けた。人々は車掌を送ってプラットホームへ溢れ出た。彼等は駅員の姿を見ると、忽ちそれを巻き包んで押し襲せた。数個の集団が声をあげてあちらこちらに渦巻いた。しかし、駅員らの誰もが、彼らの続出する質問に一人として答え得るものがなかった。ただ彼らの答えはこうであった。

「電線さえ不通です。」

［…］けれ共一切は不明であった。いかんともすることが出来なかった。従って、一切の者は不運であった。そうして、この運命観が宙に迷った人々の頭の中を流れ出すと、彼等集団は初めて波のように崩れ出した。喧騒は呟きとなった。苦笑となった。間もなく彼等は呆然となって了った。（「頭ならびに腹」大正一三年一〇月初出、三九〜四二）

小説の内容を要約すれば、故障で停まった列車から、乗客がほかの列車に乗り換えるというだけの話にすぎない。だが、その形式は異様だった。「頭ならびに腹」というときの「頭」が陽気な子僧の鉢巻頭を、「腹」が肥大した一人のブルジョワの腹を指していることからも分かるように、この小説では固有名を持った「個人」は登場せず、人間は機械と並置されて描かれていた。群衆は単なる「渦」「波」（モノ）として表象され、全ては「運」（同じ新感覚派の中河與一の言葉を借りれば「飛躍」「偶然」と言ってもいい）[1]によって運ばれていく。[2]人間はもはや自らの意志で動く主体ではなく、ただその時々の状況、機械、情報によって動かされる断片的なモノでしかない。なるほど、機械（列車）それ自体は人間が作り出した文明の利器である。が、その人間が作り出したものによって逆に人間が動かされるとき、「個人」はその主体性の地位を失って、自動的（オートマティック）な集団の流れの一部、あるいは世界の不気味なうねりの一部と化していく。その意味では、横光利一が新感覚派を「新しき唯物論的文學」（「新感覚派とコンミニズム文學」昭和三年一月）と呼んだのも故なしとはしない。それは確かに、人間的意味に回収できない「物」の感触を伝える「新感覚」の文学だった。

3　「ぼんやりした不安」のなかで——芥川龍之介の死

しかし、そんな新感覚派の文学が台頭する一方、古い文学的感性は、次第に追い詰められていった。人間が〈大衆＝断片〉を捉えるのではなく、〈大衆＝断片〉が人間を動かすのだとすれば、もはや一人の人間の「内面」を描くことに中心的価値はない。とすれば、〈大正的なるもの＝個人主義文学〉は、芥川が言うように、ますます「自身の内部に、何か楽みを求め」て後退していくしかないだろう。だが、注意したいのは、そのとき最も厳しい立場に追い込まれたのが、ほかならぬ芥川龍之介自身だったという事実である。漱石の個人主義と鷗外の理智主義とを引き継ぎ、「何ものよりも精神の自由を尊重する」（「プロレタリア文芸の可否」大正一二年一月）と書いて大正文学を牽引してきた芥川龍之介に対して、昭和という新しい時代は、見知らぬ不気味なもの（大衆）を、あるいは〈大正的なるもの＝精神〉の不可能性を突きつけていたと言える。

芥川が言うように「自身の内部に、何か楽み」さえあれば、たとえば下町花柳界と江戸文化に慰めを見出した永井荷風や、震災後の関西移住とともにその被虐趣味（マゾヒズム）に磨きをかけた谷崎潤一郎、あるいは階級的条件を無視して自己の自然な感受性を信じ切ることができた志賀直哉などがそうであったように、外部の世界とは無縁に己の「楽み」の内に引きこもることもできただろう。しかし、「僕は芸術上のあらゆる反抗の精神に同情する」（「芸術のその他」大正八年一〇月）と言って、自身の内に潜む「永遠に守らんとするもの（土着的な大衆意識）」を振り切り、ただひたすらに「永遠に超えんとするもの（西欧的な芸術意識）」（「西方の人」昭和二年七月）の方を憧憬し続けた芥川龍之介にとって、引きこもれる「楽み」などはどこを探しても残ってはいなかった。とすれば、そんな芥川龍之介が、〈永遠に超えんとする精神〉をも超えて蠢き出した「大衆」という不気味なものを目にしたとき、ふと帰る場所のない自らの孤立に気がついて、その足場のない「不安」にたじろいだのだとしても不思議はないだろう。

なるほど、それまでも芥川龍之介は、度々「詩的精神」が孕む「空虚」というものを描いてきた。なかでも『地獄変』（大正七年五月）の主人公の良秀の顔は、芥川龍之介の顔に最もよく似ている。

芸術のために愛娘までをも犠牲にし、ついに縊死してしまうという絵師良秀の姿は、そのまま、「人生は一行のボオドレエルにも若かない」(「或阿呆の一生」昭和二年六月)と書いて死んでいった芥川龍之介の姿に重なっている。だが、忘れてならないのは、大正期においては、この芥川の〈人生蔑視＝芸術崇拝〉の無道徳性こそが価値であったという事実である。それは、アナーキズムを標榜して「反逆」と「破壊」と「乱調」のなかに「生の拡充」と「至上の美」を見出していた大杉栄(「生の拡充」大正二年七月)や、外界から疎外された「憂鬱」と「倦怠」が狂気一歩手前まで昂進する様を描いた佐藤春夫(『田園の憂鬱』大正八年)、あるいは芸術のために生活を犠牲にして破滅型私小説を書き続けた葛西善蔵(「子をつれて」大正七年三月)などにも通じる時代意識だったと言える。確かに、彼らは一見「空虚」を抱えているように見える。しかし、また彼らは、自らの「無道徳」を芸術上の「反抗の精神」に接続することによって、その「空虚」を、社会に抵抗する私の自律性＝優越性の自己証明とすることもできたのだった。

だが、現実に抵抗するよりも手前で、現実の方が自ら崩壊し、流動化してしまっているのだとしたらどうだろうか。そのとき、芸術家が抱え持つ「空虚」は、〈反抗＝社会批判〉のポーズの意味を失い、本当の「空虚」と化してしまいはしないだろうか。

実際、時代は激しく動きはじめていた。『キング』(大正一四年一月創刊)や円本などに象徴される大衆ジャーナリズムの興隆、昭和の新しい文学――新感覚派・プロレタリア文学――の台頭、普通選挙法の成立(大正一四年三月)とともに不透明化していく大衆政治、震災手形の不良債権化による金融恐慌(昭和二年三月)の発生などなど。そして、そんな慌ただしい時代のなかで、昭和二年七月、芥川龍之介は、ただ「ぼんやりした不安」という言葉を残して死んでいったのである。死の直前に書かれた「或阿呆の一生」の三十一節「大地震」は、芥川龍之介の無道徳性が、ついに芸術家としての「誠実」の意味を失い、もはや一人の「阿呆」の単なる「神経」に堕してしまったことを自虐的に描き出していた。

それはどこか熟し切った杏の匂に近いものだった。彼は焼けあとを歩きながら、かすかにこの匂を感じ、炎天に腐った死骸の匂も存外悪くないと思ったりした。が、死骸の重なり重った池の前に立って見ると、「酸鼻」と云う言葉も感覚的に決して誇張でないことを発見した。殊に彼を動かしたのは十二三歳の子供の死骸だった。彼はこの死骸を眺め、何か羨ましさに近いものを感じた。「神々に愛せらるるものは夭折す」——こう云う言葉なども思い出した。彼の姉や異母弟はいずれも家を焼かれていた。しかし彼の姉の夫は偽証罪を犯したために執行猶予中の体だった。[…]
「誰も彼も死んでしまえば善い。」
彼は焼け跡に佇んだまま、しみじみこう思わずにはいられなかった。(「或阿呆の一生」昭和二年六月遺稿、四六一〜四六二)

芥川龍之介は「侏儒の言葉」に、「私は良心を持っていない。私の持っているのは神経ばかりである」と書いた。なるほど、ここには震災後の「炎天に腐った死骸の匂」を「熟し切った杏の匂」として嗅ぎ、それを「存外悪くない」と言う「神経」はあるが、他者との紐帯のなかで人の死を悲しむ心、つまり「良心」はない。しかし、その「空虚」は、他者との現世的関係をこそ「超えん」

とし、「見すぼらしい町々の上へ反語や微笑を落としながら、遮るもののない空中をまっ直ぐに太陽へ登って」（「或阿呆の一生」前掲）いった者にとっては必然の結果だった。「芸術上のあらゆる反抗の精神に同情」しながら、「精神の自由」という近代的課題に向かって無限に飛翔し続けた芥川龍之介の自我（エゴ）は、しかし、その「自由」の頂点で、ついに他者との現実的、倫理的関係の一切を見失ってしまうのである。

私の目に芥川龍之介の死は、〈自由＝空虚〉へと追い込まれていった近代的自我が、それでもなお己の近代性に殉じようとして踏み出した最後の一歩だったように見える。それは、「永遠に超えんとするもの」が、その「超えん」としている自己の現実までをも踏み超えて自己証明に向かったとき、不可避にたどり着いた自虐の表現だったように見える。

4 「神経」から「良心」へ

かつて中村光夫は、あれほど日本や中国の古典に題材を借りて「話」を構築しながら、しかし晩年になって、「話」のない「歯車」や「或阿呆の一生」といった私小説風の作品へと追い詰められていった芥川龍之介の運命に言及して、「小説という仮構に生きた真実を与えるためには、作者が自己の生きる上での価値の体系を、いいかえれば真の意味での道徳を持つことが必要なのです」（『日本の近代小説』昭和二九年）と指摘していた。そして、そこから更に、文学者のみならず知識階級一般が、「明治以来の、無道徳を誠実の形式とする精神の空白状態」に耐えられなくなったことこそが、「マルクス主義がそれをみたす新しい道徳として一部の知識階級から熱烈に迎えられた所以であり、ここに混乱と苦痛にみちた昭和期、すなわちわが国の「現代」がはじまるのです」（傍点引用者）と書いていた。

中村光夫が言う「道徳」とは、芥川が「私は良心を持っていない」と言う場合の「良心」に対応しているだろう。なるほど近代文学＝リアリズムは、坪内逍遥の『小説神髄』以来、超越的な「良心」（正邪善悪の情感）の背後に潜むエゴイズムを暴き出し、ロマネスクの虚妄を証明し、現世的な「人情」（内面）をありのままに描く「神経」にこそ主眼をおいてきた。

しかし、時代は、もはや善悪の彼岸から世界を鳥瞰する「神経」の優越性＝空虚（「アクセルの道」）にこそ耐え切れなくなっていたのである。そしてそのとき転回が起こったのだった。芥川龍之介とは逆に、「神経」から「良心」へと向かうこと、あるいは、飢える子の前では「ボオドレエル（芸術）など、人生の一瞬（現実）にも若かない」ことを学ぶこと。ここに、「神経」（近代）を超克する「良心」（超近代）への道行を、階級闘争の必然として提示する「政治への道」が用意されることになる。

次章では、新感覚派とちょうど入れ替わるかのように台頭してくるプロレタリア文学の内実について確認しておくことにしよう。

註

▼1　中河与一「鼻歌による形式主義理論の発展」（『文藝春秋』昭和四年二月初出、『現代日本文學論争史』未来社、昭和三

一年七月所収）、「偶然文学論」（『新潮』昭和一〇年、七月初出、『昭和批評体系1　昭和初年代』番町書房、昭和四三年五月所収）を参照。

▼2　横光利一「頭ならびに腹」についての論はさまざまあるが、ここではとくに、安藤宏「第一次大戦後の文学思潮」（島内裕子・安藤宏『日本の近代文学』放送大学教育振興会、平成二一年所収）を参照。

第8章

「非人間的なるもの」をめぐって
――プロレタリア文学と近代の超克

1　新感覚派からプロレタリア文学へ

かつて吉本隆明は、『言語にとって美とは何か・Ⅰ』（昭和四〇年）の「現代表出史論」のなかで、「大正末期におこなわれた文体革命は、そのひろがりでもまた徹底さでも明治三十年代末の自然主義運動による文体の変改に匹敵するといってよい」と指摘し、「この意味では、徒党や派閥上の「プロレタリア文学」派も「新感覚」派も私小説作家たちも、この〈新感覚〉の外にたつことはできなかったとかんがえる」と書いた。

なるほど、その小説を読めば、両者の世界観が驚くほど似ていることに気がつく。一例として、横光利一の「街の底」と小林多喜二の「蟹工船」の一節を引いておこう。

彼は蒼ざめた顔をして保護色を求める虫のように、一日丘の青草の中へ座っていた。日が暮れかかると彼は丘を降りて街の中へ這入って行った。時には彼は工廠から疲労の風のように雪崩れて来る青黒い職工達の群れに包まれ押し流された。彼らは長蛇を造って連らなって来るにも拘らず、葬列のよ

うに俯向いて静々と低い街の中を流れて行った。［…］
　彼は夜になると家を出た。掃溜めのような窪んだ表の街も夜になると祭りのように輝いた。その低い屋根の下には露店が続き、軽い玩具や金物が溢れ返って光っていた。（横光利一「街の底」大正一四年八月初出、五一―五二）

仕事が終ると、皆は「糞壺」の中へ順々に入り込んできた。手や足は大根のように冷えて、感覚なく身体についていた。皆は蚕のように、各々の棚の中に入ってしまうと、誰も一口も口をきくものがいなかった。ゴロリと横になって、鉄の支柱につかまった。［…］漁夫はあてのない視線を白ペンキが黄色に煤けた天井にやったり、殆ど海の中に入りッ切りになっている青黒い円窓にやったり［…］中には、呆けたようにキョトンと口を半開きにしているものもいた。誰も、何も考えていなかった。漠然とした不安な自覚が、皆を不機嫌にだまらせていた。（小林多喜二「蟹工船」昭和四年五月・六月初出、二四）

　新感覚派＝横光利一の目は、個人の「内面」ではなく、その個人を取り囲み、動かしていく周囲の「街」や、人間の「群れ」の方に向いている。世界の中心は、もはや個人にではなく、時代の集団的現象の方にある。しかし、この非人間的な感覚は新感覚派特有のものではなかった。「蟹工船」完成の翌日、小林多喜二は当時のプロレタリア文学の理論的指導者蔵原惟人へ宛てて、「この作（「蟹工船」）には「主人公」というものがない。「銘々伝式」の主人公、人物もない。労働の「集《グル》団《ープ》」が、主人公になっている」と書送っていたが、実際、「蟹工船」の引用から感じられるのも、人を大根や蚕などの人間以外のモノと並置して描く非人間的感覚と、工船内の「糞壺」にゴロリと横たわる「集団《グループ》」性の感覚である。

では、両者の違いはどこにあったのか。それは、たとえば小説の終わり方を見れば明らかになる。「街の底」では、近代都市社会の憂鬱な気分と断片化した風景が描かれているだけなのに対して、「蟹工船」では、断片的感覚はそのままに、残虐非道な資本家階級に対する団結した労働階級の勝利という〈物語＝解決〉が示されていた。つまり、前者は断片を断片のまま放り出しているのに対して、後者は断片を描きながら、それを統制する〈思想＝立場〉を物語として提示しているということである。非人間化された〈新しい感覚〉がいかに新しかったのだとしても、それが価値であるためには、過去に対する自らの切断を主張し続ける限りでしかない。しかし、〈思想＝立場〉は違う。それは、世界の断片を拾い集め、それをトータルな理論体系のなかに整序できることを主張する一つの世界観として己を提示していたのである。

それなら、その〈思想＝立場〉の構築性が、芥川龍之介の死に不安を感じ、新感覚派の実験に疲れていた知識階級の心を捉えたのだとしても不思議はないだろう。もし、世界の破片の一つ一つに、全体のなかでの適切な位置を与えることができるのだとすれば、それは、単なる〈新しさ〉という流行現象を超えて、〈世界のあるべき姿〉という本当の価値を教える物語となることができるかもしれない。断片を断片としてのみ提示する新感覚派の実験が、芥川龍之介が自殺するのと同じ昭和二年に後退しはじめ——昭和二年五月に『文藝時代』が廃刊——、同時に、昭和三年頃からプロレタリア文学が全盛を迎えていくことになる——昭和三年三月に全日本無産者芸術連盟（ナップ）結成、及び五月『戦旗』創刊——理由もここにあった。

では、プロレタリア文学が切り開いた地平とはどのようなものだったのか。あるいは、それが昭和初期において出現したことの必然とはどのようなものだったのか。以下八章では、小林秀雄の「批評」における最大のライバルであり、後に「日本の文明開化の最後の段階」(保田與重郎「文明開化の論理の終焉について」昭和一四年一月)と呼ばれることになるプロレタリア文学について、その理論的背景と概要とを整理しておくことにしよう。

2 政治と文学(一)——大正八年の分水嶺

渡辺京二は『北一輝』(昭和五三年)のなかで、「昭和維新」を唱える「中間イデオローグの社会的登場を告知する一劃期」を大正八(一九一九)年に見定め、そこに「戦前日本国家のひとつの曲り角」を見ている。ただし、時代思潮の変化は戦前の右翼運動に限った話ではない。大正中期——厳密に言えば、第一次世界大戦後の時代——というのは日本の左翼運動史の一劃期をもなしており、総じて日本近代史の分水嶺だったと言うことができる。

渡辺京二の整理に従えば、明治—大正と、近代化による民族自立の夢を天皇制共同社会の幻想によって吊り支えてきた近代日本は、しかし大正八(一九一九)年を劃期として、次第に内なる矛盾を露呈しはじめていた。それは、個的な利害ゲームを孕む資本制産業社会を完成させた日本の「現実」(近代市民社会)と、なお共同体的生活倫理を生きる民衆の「理想」(天皇制共同社会の神話)との落差が、第一次世界大戦による戦争景気を挟んで、もはや修復不可能なまでに拡がってしまったことを意味していた――実際、大正七年に米騒動件数が最高に達し、また大正八年には労働争議件数が最高に達している。

　そして、そこに日本の「現実」と、民衆の「理想」を媒介し止揚できることを訴える新しい「中間イデオローグ」が多数出現してくることになる。北一輝・大川周明による昭和維新運動を用意する猶存社が大正八年に設立されたことをはじめ、大正七年には国際マルクス主義研究会兼共産党指導部養成所でもあった東大新人会が興され、大正九年には日本社会主義同盟が成立している。さらに言えば、統制派の雄・石原莞爾が「八紘一宇」の思想を説く国柱会の田中智学の演説を聞き、遠く満州事変への道を歩きはじめるのも大正八年のことであった。

　彼らは一様にして、自らの敵を「理想」と「現実」の間に介在する中間組織――右が言う官僚・財閥・政治家、左が言う国家・資本家、天皇など――に見定め、それらとの闘争によって「ユートピア社会の実現」を図らんとしていた。その意味で言えば、東大新人会に在籍していたエリート学生の「万人が平等に働き平等に楽しむ理想国」（亀井勝一郎『わが精神の遍歴』昭和二五年）という言葉と、安田善次郎を暗殺した一人の名も無きモッブ（余計者）の「人間デアルト共ニ真正ノ日本人ヲ望ム」（朝日平吾「死の叫び声」大正一〇年九月）という言葉との間には、その「無階級社会」を切望する思想においてほとんど差はなかったと言える。ただ違いがあったとすれば、その「ユートピア」を、天皇を中心とした国家社会主義への情念的テロリズムによって志向するのか、国家揚棄と共産社会実現の歴史的弁証法によって志向するのかといった違いだろう。しかし、その違いが、主に学生・インテリ層によって支えられていた日本近代文学にとっては決定的だった。「第四階級」（労働階級）出身ではない自らへの後ろめたさにくわえて、知識階級の指導による労働階級の勝利という贖罪の物語――それの理論化としての福本和夫の〝分離結合論〟（大正一五年）――の都合のよさも手伝って、日本近代文学は、次第に国際共産主義の前衛性の方へと傾いていくのだった。

その際、注目されるのも関東大震災以後の変化である。震災前までは、ヒューマニスト、アナーキスト、サンジカリスト、コミュニストなどが寄り集まり、「ロシア革命」への共感を口にしていただけの左翼文学運動（『種まく人』大正一〇～一二年）は、しかし震災後に急速に進んだ大衆社会を背景にして、次第にマルクス主義的路線に統一されはじめるのである（『文藝戦線』大正一三年～昭和七年）。そのきっかけを作ったのは、レーニンの『何をなすべきか?』に影響されて書かれた青野季吉「自然生長と目的意識」（大正一五＝一九二六年九月）だったと言われるが、ここでまず確認しておきたいのは、大衆に社会主義の「目的意識を植えつける」ことを主張する青野の公式主義（外部注入論）ではなく、むしろその公式主義を自ら欲するようになっていった青野季吉自身の内的必然の方である。

3　政治と文学（二）――正宗白鳥と青野季吉の論争

たとえば、その必然は一人の旧時代の文学者正宗白鳥との論争――所謂「批評方法に関する論争」――のなかに如実に現れていた。論争は、「自然生長と目的意識」を書く直前に発表された青野の「現代文學の十大缺陥」（大正一五年五月）に、正宗白鳥が批判的に応じたことから始まった。〈思想＝立場〉を持たない現代文学が、自然主義的な身辺雑記と化し、あるいは安易な西洋文学の模倣となり、新感覚派文学のような小手先の「技巧」に堕していることを批判する青野季吉に対して、明治、大正期の文壇を生きてきた自然主義文学者＝正宗白鳥は次のように反論するのである。

たとへば、青野氏は、「世界を變更せよ」と云つてゐるが、これなどは一見甚だえらさうであるが、随分空疎な言葉ではないか。［…］現實の人間を生き〳〵と表はせよと云ふのなら、それを現はすのが、文学の技巧である。氏自身の嫌つてゐる技巧である。［…］文學は思想の繪解きではあるまい。［…］今日の志士的批評家は、我々の文学をある主義やある思想の宣傳書たらしめようと強要するのであるか。かういふ批評家は、馬琴を讀んで、その勧善懲悪主義に感心すると同じである。馬琴の作中に勧善懲悪的批判が露骨に現はれてゐるところを見ると、思想ありとして感奮するのと心理状態が同じである。坪内博士の「小説神髄」以前の感じがする。（「批評について」大正一五年六月初出、二五五）

この正宗白鳥の批判は、近代文学の観点から見れば正当なものだろう。プロレタリア文学が近代の個人主義を超えようとする文学である限り、その物語が、『小説神髄』以前の「道徳」を前提とした「勧善懲悪主義」に似てくるのは当然なのである。しかし、そんなことは青野にとっては前提の話だった。青野に言わせれば、「技巧」が「技巧」でありうるのは、その「技巧」に意味を与える〈思想＝立場〉があればこそだった。青野は反論して言う、「ある立場がなければ、人生世相の真相は握《つか》めない。これは正宗氏も認めるであらう。事実、正宗氏にも立派にその意味の一つの立場がある。それが芸術家の漠とした直覚とか直接経験とか言ふものに飽まで依存してゐる立場であることは言ふまでもない」と。そして青野は、そこから逆に次のように撃って返す。「自身ではそんな階級の立場を超越してゐるやうに考へてゐても、實は立派に有産階級的なものである。と言ふのは今日の社會現象の真相の把握に、そんな第三者的な立場が許されるものとする考へがすでに、有産階級的だからである」（「正宗氏及び諸家の論難を讀む」『讀売新聞』同年六月）と。

しかし、正宗白鳥も負けてはいなかった。続けて反論して言う。では、そんなに社会運動が大事なら、「未練くさい不徹底さ」でもって文学にしがみつくのではなく、「無用の長物である筈の文學などには唾を引掛けて、自己の天性に適した他の方面［政治の実践活動］へ向つたらいい」ではないかと（「青野氏・岸田氏・谷崎氏」『中央公論』同年九月）。しかし、その言葉も青野には届かなかった。再反論して青野は言う、「現實の社會には、その經濟組織を、或は順當に発達させ、或はそれを固定させるための、政治や××《ママ》と言ふが如き物理力があり、芸術や宗教と言ふが如き精神力がある」以上、政治闘争を進めるのと同時に「文化（藝術）闘争」（括弧内原文）を進め、「いたるところその内部からの闘争をつよめ」ていくやり方こそが、階級闘争において必要不可欠な戦略なのだと（「正宗氏の批評に答へ所懐を述ぶ」『中央公論』同年一〇月）。

果たして、その後に正宗白鳥からの応答は途断え、傍目には青野の優勢で論争は収束したかに見えた。が、ここで重要なのは、どちらの論が正当なのかということではなく、むしろ明治に青春を送った正宗白鳥（明治一二年＝一八七九年生）と、明治末期から大正にかけて青春を送った青野季吉（明治二三年＝一八九〇年生）との間にある「文学」観のズレの方である。白鳥が、その厳めしい階級闘争理論を指して「青野氏には、全く詩を缺いてゐる」と文学的に非難したのに対して、そもそも青野は文学を自己目的的価値と見ることはできなかったのである。文学を愛しながらも、己の詩魂を成長させる機会も、それを発散させる気持ちの余裕も奪われた人間にとって、果たして文学が何物だろうか。そう問いながら青野は次のように書いていた。

私はかつての私の半生の内面史は、虚無思想との闘争史であると書いたことがある。最初それの萌芽を植付けてくれたものは、青年時の早期に瞬間も手に離さなかつた故獨歩の藝術であつた。そしてそれを仕上げてくれたものは正宗氏その人の藝術にほかならなかつた。青年時の中期晩期に、いかに私は、正宗氏の藝術から得た感激によつて、社會と人生を眺め、それと抵抗しながらも虚無的な氣持を深めていつたか。そして長き隔りの後に、再び文學を問題にして來た時、私の目標としたところは、正宗氏をもふくめてブルジョワジーの文學の崩壊を早め、新興階級の文學を育てることによつて闘争を激化することであつた。私は今漸く、正宗氏と語を交へて、舊師に矛を向け、私の長かつた過去と戰つてゐるといふ、一種の言ひしれぬ感に打たれざるを得ない。（「正宗氏の批評に答へ所懐を述ぶ」同年一〇月、二七二）

論争の終盤、青野は突如、自身の生い立ちについて語り始めるのだった。幼い頃に両親を失った青野は、極貧のなかで乳母に育てられながら、その乳母も業病に苦しんで自ら縊れ死んでいったという。そんななか、青野を唯一慰めてくれたのは自分の暗い心を託せる自然主義文学だけだった。しかしそんな慰めも束の間、中学を卒業し、田舎教師として立った青野の目に映ったのは、やはり人生の苦しみだけだった。村の貧困と子供たちの悲運を見るにつけ、非力な自分に絶望した青野は、次第に酒と極道に溺れ、そして二度も死を決したという。

しかし、義兄からの援助で早稲田に進んだ頃から、少しずつ状況が変化していった。大学卒業後に新聞社に入り、複雑な社会機構を学び、社会主義思想を深く知るに至って、ようやく青野は「文学的迷妄」から目を醒ましたのだという。そして今、社会の経済的機構のからくりに覚醒することによって、青野は再び「文学」に戻って来たのだという。ただし、それはもはや、盲目的に耽溺したかつての「文学」ではない。青野が帰ってきたのは、社会の上部構造（文化・制度）に目覚めた上で自覚的に選択された闘争手段としての「文学」だった。青野は、かつての自分が正宗白鳥に同類を見て惑溺した「ニヒリズム的気分」――たとえば正宗白鳥の「何処へ」（明治四一年＝一九〇八年）は、そのニヒリズムの見本だろう――が、所詮ブルジョワ階級の「空疎な自由の肯定」からくる「個人主義的の精神」の閉塞の結果でしかないと言い切るのである。

4 「文学」の敗北――政治への道

青野の回想には、青春の「歌のわかれ」がそのまま、社会主義への目覚めへと通じるといったビルドゥング・ロマンスの趣がある。個人主義文学が一時の慰めにはなっても、その根本において個人を救わないのなら、そんなものは捨てるに惜しくはないといった覚悟が、そのまま社会への広い視線の獲得につながっていくのである。ただし、この近代の自由主義＝個人主義的感性が限界に差し掛かっているのではないかという疑念は青野季吉一人のものではなかった。

大逆事件後に「他人は他人です、自分は自分です、今の世には之が唯一の道徳です」（「桃色の室」明治四四年一月）と書いて、飽くまでも「自我の守護者」たらんとした武者小路実篤は、しかし第一次世界大戦が終わろうとする頃から「新しき村」（大正七年）の実践活動に乗り出していたのであり、また、それに対して「私はあなたの全てが如何に綿密に思慮され実行されても失敗に終ると思ふものです」（大正七年七月）と手紙に書送り、一貫して個人主義の立場を貫こうとした有島武郎自身も、しかし、後に「第四階級（労働者階級）に対しては無縁の衆生の一人」（「宣言一つ」大正一一年一月）でしかない自らの無力を認め、大正十一年に北海道狩太農場を小作人に開放して後に、雑誌記者波多野秋子と情死してしまうことになるだろう。時代の諸相は、確かに、青野が言う「個人主義的なヒロイズム」の無力をことごとく示しだしているかのようだった。

そして、ここに、関東大震災後の「大衆」の砂粒化現象と、昭和二年の芥川龍之介の自死が重なったとき、青野によって打ち出された「階級のための芸術」（「自然生長と目的意識」大正一五年九月）という「目的意識」は既定路線と化していくことになるのだった。たとえば、その後のプロレタリア文学運動を強力に規定することになる蔵原惟人の批評文「プロレタリア・レアリズムへの道」（『戦旗』昭和三年五月）は、かつて青野が語った個人のビルドゥング・ロマンスを、ほとんどそのままヨーロッパ文学史の必然に引き写して語ったかのような趣を呈している。没落しつつある地主階級の文学である「ロマンチシズム」から、新興階級の文学である「ブルジョワ・レアリズム」（自然主義＝フローベール、モーパッサンなど）へ、そして中産知識階級による「小ブルジョワ・レアリズム」（ドストエフスキー、イプセン）へと進んでいく階級交代の文学史は、まるで夢見がちな少年が、次第に現実に目覚め、客観的視点を獲得していく成長物語のようである。そして、「ブルジョワジーとプロレタリアートの中間に位置して」いるが故に、「二つの階級の中間に動揺しつつある」と言われる「小ブルジョワ・レアリズム」が、今、目の前で滅びようとしているなかで、現に都市の労働者階級の拡大が前景化しつつあるのなら、来るべき次代の文学は、確かに蔵原惟人の言う「プロレタリア・レアリズム」以外のものではないと見えても不思議はないだろう。

むろん、蔵原の理論を日本近代文学に当てはめた場合、今、現に滅び行く「小ブルジョワ」の文学とは、正宗白鳥のニヒリズムであり、武者小路実篤と有島武郎のヒューマニズムであり、またその白樺派の登場を「文壇の天窓を開け放つて、爽やかな空気を入れた」(「あの頃の自分の事」大正七年一二月)と評した芥川龍之介自身のリベラリズムであったことは言うまでもない。実際、蔵原の「プロレタリア・レアリズムへの道」が発表されてからおよそ一年後の昭和四年八月、当時、松山高等学校から東京帝国大学に入学したばかりの二十一歳の青年——後の日本共産党委員長——宮本顕治によって書かれた「「敗北」の文学——芥川龍之介氏の文学について」が、『改造』懸賞論文の第一席を得ることになるのである。宮本は論文の末尾を次のように結んでいた。

> ブルジョワ芸術家の多くが無為で怠惰な一切のものへの無関心主義の泥沼に沈んでいる時、とまれ芥川氏は自己の苦悶をギリギリに噛みしめた。また他の遁世的な作家達に、風流的安住が無力であるのみならず、究極において自己を滅ぼすものであることを、氏自身の必死的な羽搏きによって警告した。[…]
>
> だが、我々は如何なる時も、芥川氏の文学を批判し切る野蛮な情熱を持たねばならない。我々は我々を逞しくするために、氏の文学の「敗北」的行程を究明して来たのではなかったか。「敗北」の文

学を――そしてその階級的土壌を我々は踏み越えて往かなければならない。（「『敗北』の文学――芥川龍之介氏の文学について」昭和四年八月初出、三八〜三九）

宮本によれば、芥川龍之介の死は、ブルジョワ階級とプロレタリア階級との間を彷徨うことを運命づけられた「それ自身の階級的地盤を持たないインテリゲンチアの自己解体」だった。下町の中流下層階級に生まれながら、そこを遥かに見晴かす知識階級へと上昇していった芥川は、ついに己の肉体（民衆性・良心）と精神（インテリゲンチャ性・神経）との分裂に耐え切れなくなったと言うのである。しかし、宮本にとって、それは過渡的な現象でしかなかった。

宮本において、〈芥川的なるもの＝小ブルジョワの分裂〉は、「史的な必然として到来する新社会」において解消されるものと信じられていた。だからこそ、芥川龍之介の死は「ブルジョワ文芸史に類稀な内面的苦悶の紅血を滲ませた悲劇的な高峰」として考察するに値するのであり、その症例報告から我々は、「プロレタリア前衛の『眼をもって』世界を見ること」（蔵原惟人）を学び、あるいはそれによって、小ブル・インテリゲンチアの「階級的土壌」を「踏み越えて往」く必然を学ぶことができるのである。〈私を超えて、私を導くもの〉の獲得によって、ようやく私は私の「不安」を宥《なだ》めることができるのである。

5 芥川龍之介の向こうへ

宮本顕治の「『敗北』の文学」（昭和四年八月）以降、続々と本格的な芥川龍之介論が現れた。唐木順三の「芥川龍之介の思想上の位置」（昭和四年九月）及び「芥川龍之介に於ける人間の研究」（昭和四年一一月）をはじめ、井上良雄の「芥川龍之介と志賀直哉」（昭和七年四月）、そして少し間をおいて福田恆存の「芥川龍之介論（序説）」（昭和一六年六月）などがそれである。

それらは、政治的立場を微妙に異にしつつも、芥川龍之介が残した「ぼんやりした不安」という言葉に近代個人の危機を看取し、一様にその乗り越えを図ろうとするものだった。そして、その中心には――福田恆存の芥川論は例外だが――、あのマルクスの言葉、「哲学者たちはただ世界をさまざまに解釈してきたにすぎない。しかし、肝心なのは、世界を変革することである」という言葉が響いていた。たとえば、それを「文学者たちはただ世界をさまざまに描写してきたにすぎない。しかし、肝心なのは、世界を変革することである」と書き換えれば、「フォイエルバッハに関するテーゼ」は、ほぼそのまま「芥川龍之介に関するテーゼ」になると言ってもいいだろう。芥川が死んだ昭和二年をエポックとして、かつてアヴァンギャルドを標榜したモダニストや新感覚派の文学者たち――片岡鉄兵、村山知義、今東光、鈴木彦次郎、壺井繁治、三好十郎など――はこぞって左傾化し、昭和初年代の文学は挙げてプロレタリア解放の「実践」の時代へと移って行くことになる。

しかし、ここで忘れてならないのは、芥川龍之介の「神経」を否定しながら、しかし、同時にプロレタリア文学の〈思想＝立場〉をも拒絶した男がいたという事実である。後に、「様々なる意匠」（昭和四年九月）によって、宮本顕治に次ぐ『改造』懸賞論文の第二席を得てデビューを果たす小林秀雄である。かつて江藤淳は、「この［小林秀雄の］強烈な毒の餌食になるためにのみ、昭和前半の文学は存在したかにみる」（『小林秀雄』一九六一年）と書いたが、その言葉は確かに正しいように見える。この小林秀雄という一人の男の存在によって、近代日本の「批評」は、自然主義、新感覚派、プロレタリア文学といった時代のイデオロギー＝「様々なる意匠」を超えて、その独自の表現性を獲得することになるのである。

次章以降、小林秀雄の「批評」の内実について詳しく見ていきたい。そこでは、単なる「内面」にも、単なる「感覚」にも、そして単なる「理論」にも還元できない思考のあり方が、小林秀雄の「批評」によって初めて示されることになるだろう。

第9章

「意識」と「自然」——初期小林秀雄の試行

1　「故郷喪失《ハイマートロス》」という条件

ここまでの議論を、改めてE・ウィルソンの言葉によって整理しておこう。芥川龍之介の自殺が、十九世紀末フランス象徴主義が担った「アクセルの道」の閉塞を、またプロレタリア文学の登場が、二十世紀初頭からその勢いを増してくる「政治の道」の必然を示していたとすれば、残るは、非西洋世界を介して西洋近代の超克を図った「ランボーの道」ということになる。むろん、それを近代日本において確認しようと思えば、小林秀雄以上に適した文学者はいない。

「向こうからやって来た見知らぬ男が、いきなり僕を叩きのめしたのである。〔…〕『地獄の季節』の」豆本は見事に炸裂し、僕は、数年の間、ランボオという事件の渦中にあった。〔…〕或る思想、或る観念、いや一つの言葉さえ、現実の事件である、と、はじめて教えてくれたのは、ランボオだった様に思われる」（「ランボオIII」昭和二二年三月）と語る小林秀雄において、「ランボーの道」の必然はほとんど身体的に直感されていたと言っていい。だが、当然、小林秀雄はランボー本人ではない。西欧において非西洋世界を目指したランボーと、非西洋世界においてランボーに出会ってしまう小林秀雄とでは、その悲喜劇性の差も含めて、そもそも身をおいた条件が全く違うのである。たとえば、後年のことになるが、小林秀雄は「故郷を失った文学」（昭和八年五月）のなかで次のように書いていた。

わたしの心にはいつももっと奇妙な感情がつき纏っていて離れないでいる。言ってみれば東京に生れながら東京に生れたという事がどうしても合点出来ない、又言ってみれば自分には故郷というものがない、というような一種不安な感情である。〔…〕振り返ってみると、私の心なぞは年少の頃から物事の限りない雑多と早すぎる変化のうちにいじめられて来たので、確乎たる事物に即して後年の強い思い出の内容をはぐくむ暇がなかったと言える。思い出はあるが現実的な内容がない。殆ど架空の味いさえ感ずるのである。〔…〕

世界に共通な今日の社会的危機という事が言われるが、こういう事を考えていると日本の今の社会は余程格別な壊れ方をしているのだとつくづく思わざるを得ない。

何事につけ近代的という言葉と西洋的という言葉が同じ意味を持っているわが国の近代文学が西洋の影響なしには生きて来られなかったのは言うまでもないが、重要な事は私達はもう西洋の影響を受けるのになれて、それが西洋の影響だかどうか判然しなくなっている所まで来ているという事だ。（4巻一七五〜一七六、一八二）

たとえ小林秀雄が「ランボーの道」に影響されていたのだとしても、それが常に「故郷喪失《ハイマートロス》」の「一種不安な感情」や「殆ど架空の味い」とともにあったことを忘れてはならない。言い換えれば、小林秀雄の歩みは、非西洋世界で、西洋文学を学ぶことによって、西洋の外に続く「ランボーの道」に出会ってしまうという「混乱」を孕んでいたということである。それは、芥川龍之介とさえ共有されていた「混乱」であろうし、その意味で、それは「急激な西洋思想の影響裡に伝統精神を失ったわが国の青年達に特殊な事情、必死な運命」（「故郷を失った文学」）だったと言うこともできる。

しかし、この「混乱」こそが、E・ウィルソンの『アクセルの城』が示した西洋文学のシェーマを超えて、後に近代日本文学に独特の「批評」をもたらすことになるのだった。もはや単純な道は存在しない。単なる西欧化＝近代化が解決でないのは当然だが、だからといって、今更「日本精神だとか東洋精神だとか言ってみても始まりはしない」（同前）のだ。近代的であるほかに近代を疑うことができず、近代を疑うほかに近代的であることができないという二重性。この「混乱」を生きる緊張と自覚のなかに、「様々なる意匠」以降の小林秀雄の歩みはあった。

では、その自覚はどのようにして用意されていたのか。本章では、「様々なる意匠」以前の小林秀雄に焦点を当て、まず西洋近代への小林の視線を確認しておきたい。「わが国の先輩批評家等には一言半句も教わらなかった」（「再び文芸時評に就いて」昭和一〇年二月）という小林秀雄において、フランス象徴主義――とくにボードレールとランボー――に学んだ西洋近代の可能性と不可能性の認識は決定的だった。そしてまた、その認識は同時代の近代日本文学――とくに芥川龍之介と志賀直哉――に対する評価を導くと同時に、新感覚派やプロレタリア文学に対する距離と、その距離を支える「批評」の強度を形作っていくことになるのである。

2　逆説の「意識」――芥川龍之介とボードレール

初期小林秀雄――吉田凞生に従えば最初の小説「蛸の自殺」が書かれる大正十一年から、『文藝春秋』誌上での文藝時評の連載が終わる昭和六年まで[1]――の思考を追う上で特権的な名は、先ほど指摘したボードレールとランボー、そして芥川龍之介と志賀直哉である。

　小林とその四人との事実関係を簡単に整理しておけば、まず小林秀雄が二十歳のときに自作の小説「蛸の自殺」（大正一一年）を志賀直哉に送っていたことが注目される。小林における志賀への親炙の程が伺えよう。また、翌大正十二年には親友の詩人富永太郎から譲り受けたカルマン・レヴィ版のボードレール『悪の華』に熱中しており[2]、そのまた翌年の大正十三年の春にはランボーの『地獄の季節』に出会っていたことが確かめられる。ただ、芥川龍之介への熱中ということに関してだけは資料的に確定的なことを言うのは難しい。とはいえ、旧制一高時代の小林秀雄が芥川龍之介のサロンに顔を出していたという証言[3]、学生時代に芥川を愛読していたという小林自身の言葉[4]、また初期に同人誌に載せた「断片十二」（『青銅時代』大正一三年八月）などが明らかに芥川の断章群――「侏儒の言葉」などに影響された形式をもっていることなどを考え合わせると、少なくとも一高在学時代の小林が芥川龍之介の文学にある程度まで馴染んでいたことは推測できる。

　また、それぞれの作家について書かれた批評の執筆年代も、ほぼ重なっている。まず大正十五年（昭和元年）十月に「人生斫《しゃく》断家アルチュル・ランボオ」が『仏蘭西文学研究』第一号に発表されたのを皮切りに、翌昭和二年一月には「志賀直哉の独創性」（未発表）[5]が書かれ、九月には「芥川龍之介の美神と宿命」（『大調和』）が、また十一月には「『悪の華』一面」（『仏蘭西文学研究』第三号）が発表されていた。そして、翌昭和三年の春に東大仏蘭西文学科を卒業し、五月には長谷川泰子との同棲を解消して奈良へ向かい、またその翌年に「様々なる意匠」で文壇デビューを果たしていることまでを考えると、初期小林秀雄の思考は、まさに、ボードレールとランボー／芥川龍之介と志賀直哉の四人への問いによって練られていたものだったということが分かる。ここで予め、四人の文学者によって媒介された初期小林秀雄の思考の脈絡を示しておけば、それは、〈意識の不可能性〉から〈自然の不可避性〉へ、といったことになるだろう。

まず注目しておきたいのは、小林の芥川龍之介への視線である。前章の終わりでも指摘したように、小林秀雄もまた芥川龍之介の死に動かされていた。芥川の「歯車」にも似た、自意識過剰をモチーフとした「蛸の自殺」や「一つの脳髄」などの小説を書き上げ、また「侏儒の言葉」にも似た「断片十二」や「測鉛Ⅰ・Ⅱ」といった断章的批評文を書いていた小林にとって、芥川の死は他人事ではなかったのである。後に磯田光一は、小林の芥川論は「小林自身のアキレスの踵を暗示して」[6]いると指摘していたが、確かに、芥川の死の直後に発表された「芥川龍之介の美神と宿命」（昭和二年九月）には、芥川龍之介への親近と、しかしまた、近親憎悪にも似た拒絶の感情が同時に現れていた。

彼の様な芸術家が現実に肉薄しようとする時に持つ武器は逆説的触覚であり、逆説的測鉛であるが、彼はこの測鉛を曳いて流続する現実の流れをあらゆる角度から眺め様とする、現実をあらゆる舞台と舞台裏とに解析しようとする。彼の発見する様々な逆説的風景の蒐集が豊富になればなる程、精妙になればなる程、彼は現実に接近して行くと錯覚する。だが現実は必ず逃げる。如何に精妙に舞台と舞台裏とを結合しても我々は現実の劇を得る事は出来ぬ。[…]
芥川氏は決して逆説家ではないのである。彼は逆説風景画家なのだ。若し彼を逆説家と呼ぶならば、畢に逆説というものを了解しなかった逆説家なのである。（1巻一一五～一一六）

小林は、芥川の作品を「現実をあらゆる舞台と舞台裏に解析し」たうえで描き出された「逆説的風景」だと言う。なるほど芥川龍之介ほど〈芸術＝舞台〉と〈人生＝舞台裏〉の二律背反に自覚的だった作家はほかにはいない。芥川龍之介が描く「風景」には常に、「芸術」（精神）の自律性を追い求めれば求めるだけ、「人生」（実社会）における居場所を見失ってしまう人間の「逆説」が、あるいは、己の「人生」（社会的立場）を確立しようとすればするだけ、社会の虚栄のなかに「芸術」（精神）を汚してしまい、己の詩を見失ってしまう人間の「逆説」が現れていた。

たとえば、『戯作三昧』（大正六年）で描かれた芸術至上主義者＝滝沢馬琴は、自分を取り巻く無理解な公衆に苛立ちながら、それでも純粋無垢な「戯作三昧の心境が味到される」そのときを期して己の芸術（舞台）に精進するだろう。が、芥川は小説の最後で、次のような冷たい言葉（舞台裏）をその家族の口にのぼらせることになる。「困り者だよ。碌なお金にもならないのにさ」と。

または、『将軍』（大正一〇年）において芥川は、明治天皇に殉死した「至誠」の英雄（舞台）である乃木将軍を取り上げて、敢えてその単純な俗物性（舞台裏）を意地悪く描き出しながら、近代国家の神話を共有しない〝純粋〟で〝精神的〟な学生に次のように言わせるだろう。「［将軍の］至誠が僕等には、どうもはっきりのみこめないのです。僕等より後の人間には、なおさら通じるとは思われません」と。なるほど、小林の言うように「『鼻』に始まって『河童』に終るまで、彼の全作品は殆ど逆説的心理の定著で終始してい」るように見える。

だが、ここで問いたいのは小林の芥川論の是非ではない。むしろ重要なのは、芥川が「逆説」を内側から生きたのではなく、その外側から描いたにすぎないという小林の指摘である。確かに「芸術」と「人生」の二律背反の「風景」を描き出すことと、「芸術」と「人生」の逆説それ自体を生きることとは違う。言い換えれば、「人生は一行のボオドレエルにも若かない」と言って世紀末芸術の偶像を愛し続けた芥川龍之介は、しかし、ボードレールその人のように「人生」を「芸術」に還元しようとする無謀な「情熱」を生きたことは一度もなかったということである。しかし、まさにボードレールを介して世紀末象徴主義の「理智の情熱」に触れていた小林秀雄にとって、この差は決定的だった。

後に小林は「逆説というものについて」（昭和七年六月）のなかで「逆説とは弄するものではない、生れるものだ」と書いたが、それは芥川に向けての批判でもあった。「逆説」が弄されている限り、それを弄している主体は「逆説」の外にいる。「逆説」それ自体を形作っている「人生」と「芸術」の双方から距離をとり、それらを俯瞰する自由＝空虚な主観として漂う芥川龍之介は、だから「人生を自身の神経をもって微分」するだけで、ついに「人生」それ自体に触れることができないのである。つまり、既知の構造（「逆説」の構造）を器用に使いこなし、それを世界に当てはめ続けることしか知らない人間に、「在るが儘の世界を見るという事」はできないということである。小林は言う、「斯くして彼の個性は人格となる事を止めて一つの現象となった」と。

では、逆に「生れるもの」としての「逆説」とはどのようなものなのか。たとえば小林は、それを「『悪の華』一面」(昭和二年一一月)のなかで次のように書いていた。

強烈な自意識は美神を捕えて自身の心臓に幽閉せんとするのである。〔…〕僕は信ずるのだがこれは先きに一目的に過ぎなかった芸術を自身の天命と変ぜんとするあらゆる最上芸術家が経験する一瞬間である。すべての存在は蒼ざめてすべてのものが新しく点検されなければならない。かかる時芸術とは竟に何物であろう! 創造とは何物であろう! 唯一確実なものとして、醇一無双なものとして、彼に残されたものは自意識の化学より外にはない。

かかる時、ボオドレエルに課せられた問題はあらゆる思索家の問題である。即ち認識というものに他ならぬ。異なる処は唯思索家は認識を栄光とするが詩人はこれを悲劇とする。この二つの相違した資質にとって眼前に等しく永遠のXが展開されるのだが、このXを変調せんとして二人はめいめいの逆説を演じなければならない。(1巻一二五~一二六)

小林の言う「自意識の化学」というのは、「〈ダンディ〉は、間断なく崇高であろうと志すべきだ。彼は鏡の前で生活し、眠らなければならない」(「赤裸の心」)[7]というボードレールの言葉、つまり、己で己を律する自意識のことを指している。それは、他律的なもの——伝統、社会通念、歴史的拘束の全て——を疑い、或いは「新しく点検」し直すことで、覚醒した意識の下に自らの言葉の自律性を確保せんとする試みであった。[8]それを芸術の実践に応用すれば、「構成の全体の中に、一個の意図をなしていないようなただの一語、直接的にせよ間接的にせよ、予め考えられた意図を完成することを目ざさないようなただの一語も、まぎれこんではならない」（ボードレール「エドガー・ポーに関する新たな覚書」一八五七年）▼9という徹底した形式主義となるだろう。つまり、作品の効果から己の意図以外のものを取り除き、その後に得られる〈意図＝効果〉の純粋性を確立すること。ボードレールによる「純粋詩」の試みとはこれである。

だが、この文学の形式主義は「逆説」を孕んでいる。というのは、その形式を冷徹に認識する詩人には、もはや自然な陶酔が許されていないからである。詩人は、形式をその外から意図すればするほど、その形式の効果の内に陶酔することからは遠ざかっていく。しかし、陶酔なき詩人というのは語義矛盾ではないのか。ここに「思索家は認識を栄光とするが詩人はこれを悲劇とする」という小林の言葉が導かれる。しかし、それでもなお、この〈悲劇＝逆説〉を生きようとすれば、詩人は認識と陶酔の交点に夢見られた「永遠のX」によって己を吊り支えるほかはないだろう。が、むろん、それは不可能な希いだと自覚されながら夢見られた「X」であり、表象の彼方に「虚無」として暗示（象徴）されるだけの「X」である。だから小林は、その逆説と不可能性に満ちたボードレールの詩作について、はっきりと「絶望的追跡」、「計量の欺瞞的遊戯」、「彷徨」と言い表すのだし、またその詩（『悪の華』）については「燦然たる形骸」、「街衢《がいく》の轍《わだち》の跡」と言い表すのである。そして小林は言う、ボードレールは「詩人とは何物も表現しないという事を発見した最初の人であった」、「彼が廿五歳で枯涸した所以は、彼の創造がかかる逆説を孕んでいた為ではないか？」と。

3　「自然」の発見――ランボーと志賀直哉

なるほど、ここには弄したのではない「逆説」の形が示されている。その限りで小林はボードレールから十九世紀的な「理智の情熱」と、その限界を教わったのだと言ってもいい。ただし、同時に忘れてならないのは、ボードレールの「逆説」は、認識と陶酔、意図と効果が交わるであろう〈無限遠点＝X〉への夢によってこそ吊り支えられていたという事実である。しかし、「『悪の華』一面」を書いた時点で、もはや小林秀雄に「X」への夢はなかった。夢は既にアルチュール・ランボーによって打ち砕かれていたのである。小林は後に言う。『悪の華』の「比類なく精巧に仕上げられた球体の中に」、「虫の様に閉じ込められていた」自分を、「向こうからやってきた見知らぬ男」が、いきなり「叩きのめしたの」だと。そして、そのとき、自意識の「球体は砕け散」り、「僕は出発することが出来た」のだと（「ランボオの問題」昭和二二年三月）。

このときの「事件」がもたらした認識を、「人生斫断家アルチュル・ランボオ」（大正一五年＝昭和元年一〇月）のなかで、小林秀雄は次のように書いていた。

> 創造というものが、常に批評の尖頂に据っているという理由から、芸術家は、最初に虚無〔「永遠のX」〕を所有する必要がある。そこで、あらゆる天才は恐ろしい柔軟性をもって、世のあらゆる範型の理智を、情熱を、その生命の理論の中にたたき込む。勿論、彼の錬金の坩堝に中世錬金術士の詐術はない。彼は正銘の金を得る。ところが、彼は、自身の坩堝から取り出した黄金に、何物か未知の陰影を読む。この陰影こそ彼の宿命の表象なのだ。［…］芸術家の脳中に宿命が侵入するのは必ず頭蓋骨の

背後よりだ。宿命の尖端が生命の理論と交錯するのは、必ず無意識においてだ。（1巻八八）

そして小林は、「この無意識を唯一の契点として」、「「絶対」に参与」したのがランボーだったと言うのである。確かに意図と効果の交点（X）を目指して両者の関係を調整している限り、作品は相対的な〈巧さ―拙さ〉という遠近法を免れない。芸術家は、作品の効果がどれほど己の意図に忠実なのかをその都度計量し、現実と「永遠のX」との距離を測り続けなければならないだろう。しかし、芸術家の計算がいくら綿密であろうと、作品は必ず芸術家の意図を裏切って実現される。それを〈意識されたもの＝空間〉と〈意識するもの＝時間〉とのズレ（遅れ）だと言ってもいいし、小林のように「無意識」の「陰影」だといってもいい。しかし、だとすれば、もはや意図と効果の関係を計算すること自体が意味をなさないのではないのか。果たして、ボードレールからランボーを分ける一歩とは、この不可能な計算の悲劇に殉じて見せるのか、それとも、その計算を放棄して実際に走り出すのかという一点にかかっていた。

かくして、ランボーは走り出した。「俺の心よ、一体俺達の知った事か、本流する血と燠が」（「眩暈」）と歌い、「ああ、時よ、来い。陶酔の時よ、来い。」（「最高塔の歌」）と歌うランボーは、まさに計算する「脳漿《のうしょう》を斫断しつつ」、「陶酔」に身を委ね、「シャルルヴィルの一野生児」、「すばらしい駄々っ子」さながら「人生を切り裂」き、「自然」を疾走して行った。そこにあるのは、作品を磨き上げる「芸術家の魂」ではなく、「象牙の取引」をするのと変わらぬ「実行家の精神」だった。「無意識」に身を任せて奏でられたたランボーの「詩弦《リイル》」は、だから「発情そのもの」となって〈巧さ―拙さ〉の遠近法を破砕し、「煌《きら》めく断面の羅列」となって絶対の「無垢」を示し出す。そして、二十歳を前にして詩などという回りくどい方法をも捨てたランボーは、アフリカの砂漠の彼方に消えていった。小林は言う、「ランボオが破壊したものは芸術の一形式ではなかった。芸術そのものであった」と。

ところで、おそらく小林秀雄において、このランボーの「自然」を託せる同時代人こそが志賀直哉だったのである。西洋的＝近代的自意識を切断し、非西洋＝前近代に向かったのがランボーだったのだとしたら、初めから前近代的「原始性」を生きる志賀直哉の健康は、小林にとって「古典的」とさえ言える強力な規範性を示していた。

> 然るに、志賀直哉氏の問題は、言わば一種のウルトラ・エゴイストの問題なのであり、この作家の魔力は、最も個体的な自意識の最も個体的な行動にあるのだ。氏に重要なのは世界観の獲得ではない、行為の獲得だ。氏の歌ったものは常に現在であり、予兆であって、少くとも本質的な意味では追憶であった例はないのである。
>
> 氏は思索と行動との間の隙間を意識しない。たとえ氏がその隙間を意識するとしても、それは其の時に於ける氏の思索の未だ熟さない事を意味する、或はやがて氏の欲情は忽ちあやまつ事なくその上に架橋するだろう。洵に氏にとっては思索する事は行為する事で、行為する事は思索する事であり、かかる資質にとって懐疑は愚劣であり悔恨も愚劣である。（「志賀直哉」昭和四年二月、1巻一六〇、一六二）

ランボーは「実行家」と呼ばれ、志賀直哉は「行動の人」と呼ばれる。両者の重なり合いは明らかだろう。そしてさらに、ここで思い出しておきたいのは、芥川龍之介が、やはりその晩年に、嫉妬さえ含んだ羨望の眼差しを志賀直哉に送っていたという事実である。遺稿でもある「歯車」（昭和二年）のなかで芥川は、『暗夜行路』を読み始めた「僕」に、「この主人公と比べると、どのくらい僕の阿呆だったかを感じ、いつか涙を流していた」と言わせるだろう。むろん、かつて芥川を論じたこともある小林がそれを知らないはずはなかった。

つまり、小林にとって、志賀直哉の「自然」は、芥川的な「芸術と生活の分裂」を知らぬ場所において見出されていたのと同時に、ボードレール的な自意識とも無縁の「行為」として見出されていたということである。じじつ、志賀直哉論のなかで、小林が志賀の「自然」と対比していたのは、ボードレールが範と仰いだエドガー・アラン・ポーの自意識であり、ランボーが別れを告げた詩人ヴェルレーヌの「懐疑と悔恨」の抒情だった。小林において志賀直哉の文学もやはり、ランボーと同じ「無垢」を纏った「自然の叫び」としてあったということである。

4　胎動する「批評」——アフター・モダニティ

ただし、最後に注意しておきたいことが二つある。

一つは、小林秀雄が言う「自然」の特異な性格である。小林秀雄は、芥川龍之介とボードレールの「意識」を否定的媒介としてランボーと志賀直哉の「自然」を見出していた。が、それが、常に、意識の限界において見出されていたという点には注意したい。たとえばそれが、後に社会主義の視点から「芥川龍之介と志賀直哉」(昭和七年四月)を書いた井上良雄と、芥川を否定的媒介として志賀直哉に向かって行った小林秀雄とを分ける地点だった。

芥川の運命のなかに「近代」が不可避に強いる「デカダンス」を見た井上良雄は、それを超克するためにこそ、「近代の外に立つ真に新しい人間」である志賀直哉と、その志賀の「自然」を分かちもつ「近代プロレタリアートの結びつき」を証明しようとするだろう。だが、井上が見出した〈私を超えるもの=近代プロレタリアート〉が、飽くまで意識的—対象的に捉えられた〈帰るべき自然〉であるのに対して、小林の〈私を超えるもの=自然〉は、「自身の坩堝から取り出した黄金に、何物か未知の陰影を読む」その瞬間に到来するものとして捉えられていた。つまり、小林の「自然」は、透明な表象の座礁においてのみ否定的に示されるものとしてあったということである。

そしてもう一つ注意しておきたいのは、ここにおいて、ランボー—志賀の「無垢」な「自然」と、小林秀雄の逆説的な「自然」が、微妙なすれ違いを見せているという事実である。ボードレールの後に、その自意識の放棄によって〈分裂の彼方〉に向かったのがランボーだったのだとすれば、そもそも「思索と行動との間の隙間を意識しない」志賀直哉は、飽くまで〈分裂の手前〉にあったと言える。だが、小林秀雄の「自然」は、その分裂の〈彼方〉にも〈手前〉にもなかった。つまり〈分裂の彼方〉に飛躍しようとしても、そもそも非西洋世界=日本を生きる小林秀雄にとって、〈ランボーのアフリカ〉は許されてはおらず、同時に「故郷を失った文学」を自覚する小林秀雄にとって、〈分裂の手前〉にある志賀直哉の「自然」もまた自明ではなかったということである。

かくしてここに、小林秀雄独自の「批評」が見出されることになる。〈彼方〉でも〈手前〉でもなく、近代の〈今、ここ〉を生きることのなかに、近代＝意識を超える「自然」を捕まえること。それは、超近代（革命）でも、反近代（復古）でもなく、近代をafter──追っていったその先で、近代のafter──背後に回り込むという〈アフター・モダニティ〉の作法を教えている。「様々なる意匠」において「宿命」が再び語り直されなければならなかった所以がここにある。

註

▼1　吉田凞生編『近代文学鑑賞講座　第一七巻　小林秀雄』（角川書店、昭和四一年）参照。

▼2　清水徹「小林秀雄におけるポール・ヴァレリーの受容について」（『文学』平成二年一〇月）によれば、失恋の痛みを慰めるために上海に行く富永太郎が、その別れの挨拶を言いに小林秀雄を訪ねた際（大正一二年一一月四日）にボードレールの『悪の華』を渡したのではないかとのこと。

▼3　匿名「芥川龍之介二態──彼と小林秀雄」（『文芸通信』昭和九年三月初出、『論集・小林秀雄Ⅰ』麦書房収録）参照。

▼4　小林秀雄が学生時代に芥川龍之介を愛読していたという証言は、「歴史と文学」（昭和一六年三月）のなかでの「僕は、学生時代に（芥川の「将軍」という作品を）読んで、大変面白かった記憶があります」という言葉で確かめられる。また、吉田凞生編の『小林秀雄必携』（學燈社、平成元年）によれば、おそらく対談での言葉だろうが、小林の「（芥川作品は）学生時代非常に愛読した」という言葉、あるいは「芥川龍之介の美神と宿命」を「僕の最初の評論」と呼んでいることなどが紹介されている。

▼5　『全集』未収録の「志賀直哉の独創性」（昭和二年一月）が読めない現在、初期小林秀雄の志賀直哉への視線については、「様々なる意匠」の発表直後に書かれた「志賀直哉」において確かめるほかはない。

▼6　磯田光一「解説・芥川龍之介論──大正精神の一断面」『新思潮』昭和三七年二月初出、『芥川龍之介全集2』ちくま文庫、昭和六一年。

▼7　ボードレール「赤裸の心」『ボードレール批評4』（阿部良雄訳、ちくま学芸文庫、平成一一年五月）。

▼8　小林秀雄は、ボードレールの試みについて、後に再び『近代絵画』（昭和三三年四月）の冒頭でも論じているのだが、

そこでは、ボードレールが言う「象徴の森」が、「歴史的な或は社会的な凡ての約束を疑う極度に目覚めた意識の下に現れる」「「裸の心」が裸の対象に出会う点」であると言われている。

▼9 ボードレール「エドガー・ポーに関する新たな覚書」『ボードレール批評3』(阿部良雄訳、ちくま学芸文庫、平成一一年四月)。

第10章

「批評」が生まれるとき――「様々なる意匠」

1　小林秀雄の出発点

改めて小林秀雄が強いられていた課題について整理しておきたい。

これまで見てきたように、小林は、確かに志賀直哉の「自然」に影響されていた。しかし、志賀直哉という存在は、小林秀雄の憧れのなかにはあっても、小林秀雄自身の資質にまで食い込んでいたとは言えない。後に江藤淳が、志賀直哉との対比のなかで、小林秀雄が「身につけていた新しさ」を強調して言ったように[▼1]、両者の違いは、たとえば初期小林秀雄の小説作品「一つの脳髄」においても既に明らかだった。

顔色の悪い、繃帯をした腕を首から吊した若者が石炭酸の匂いをさせて胡坐をかいて居た。その匂いが、船室を非常に不潔な様に思わせた。傍に、父親らしい痩せた爺さんが、指先きに皆穴があいた手袋で、鉄火鉢の辺につかまって居る。申し合わせた様に膝頭を抱えた二人連れの洋服の男、一人は大きな写真機を肩から下げて居る、一人は洗面器と洗面器の間隙に頭を靠せて口を開けている。それから、柳行李の上に俯伏した四十位の女、――これらの人々が、皆醜い奇妙な置物の様に黙って船の振動でガタガタ慄えて居るのだ。自分の身体も勿論、彼等と同じリズムで慄えなければならない。それが堪らなかった。然し自分だけ慄えない方法は如何しても発見できなかった。丁度坐った尻の下にピストンを仕掛けられた様だった。(「一つの脳髄」大正一三年七月、1巻三七〜三八)

ヴァレリーの「テスト氏」と同じように――既に指摘したようにTesteはtête「頭」「脳髄」の古い綴り――筋のないこの小説において、まず注目すべきは小林秀雄の新感覚派にも似た文体である。[2] 石炭酸の匂いをさせた傷病人、鉄火鉢につかまる老人、俯伏《うつぶ》した中年女という匿名の群衆が、船という機械のなかで「醜い奇妙な置物の様に」ガタガタと揺れている。小林は人と物とを区別しようとはしない。あるのは、ただ内面に還元できない断片的世界の感触である。そのなかで、「自分の身体」からはみ出した「私」の自意識だけが、ガタガタと慄える他人と自分とを眺めている。

だが、小説の結末が示しているように、その自意識によっては、世界と私との間にある溝を埋めることはできないだろう。ふと後ろを振り返った「私」は、「砂地に一列に続いた下駄の跡」と「脳髄についた下駄の跡」とを一致させようとしながら、それを果たさず、結局一歩も踏み出すことができないまま岩にへばってしまうのである。小林秀雄が歩きはじめた場所が、このように「自然」の自明性を奪われながら、なお「意識」にも頼ることができないような地点だったことを忘れてはならない。

では、このような地点から、小林はどのようにして己の「自然」を見出していったのか?「様々なる意匠」は、その問いに対する小林秀雄の最初の答えだった。が、それがジャーナリスティックな時評文として書かれている以上、「様々なる意匠」が、文字通り時代の様々なイデオロギーを反映して雑多な印象を与えていることは否めない。そこで、本論は、「様々なる意匠」の文章を追った逐語的な解釈ではなく、小林秀雄の「批評」において決定的に重要な一連の主題（意匠論—宿命論—批評論）の展開に沿って、テクストの分解—読解—再構築を試みたいと考えている。それらの主題が展開され切ったとき、なぜ「文芸批評」というジャンルが小林秀雄によって開始されなければならなかったのかという問いにもまた答えることができるはずである。

2 「意匠」と「実践」

まず、時代の「様々なる意匠」に対する小林秀雄の基本的姿勢を確認しておこう。小林は、マルクス主義を筆頭に、唯美主義（大正文学的な芸術至上主義）、写実主義、象徴主義、新感覚派など、時代を風靡していた様々な意匠を取り上げ、それらを次々に批判していく。が、それらの批判は、どれも次のような姿勢によって貫かれていた。

> 私は「プロレタリアの為に芸術せよ」という言葉を好かないし、「芸術の為に芸術せよ」という言葉も好かない。こういう言葉は修辞として様々な陰影を含むであろうが、竟に何物も語らないからである。国家の為に戦うのと己の為に戦うのとどちらが苦しい事であるか？　同じ事だ。

芸術家にとって芸術とは感動の対象でもなければ、思索の対象でもない、実践である。作品とは、彼にとって己れのたてた里程標に過ぎない、彼に重要なのは歩く事である。（「様々なる意匠」昭和四年九月、1巻一四一、一四五～一四六）

前者の引用は「～のために戦う」ことと、「戦う」ことを対比し、後者の引用は芸術を「対象」化する姿勢と、芸術を「実践」する姿勢とを対比している。が、この二つの引用文が、ほぼ同じことを言っているのは見やすい。ここで対比されているのは、目的を己の行為の外に見るのか、それとも己の行為自身の内に見るのかという二つの姿勢である。「～のために」と言うには、距離はどうあれ、目的は必ず己の外に対象化されていなければならない。が、「戦う」という行為、あるいは「芸術」という行為自体のリアリティは、その行為の内側からしか味わうことができない。

しかし人は、しばしばそれを混同する。小林は、まずこの無自覚に混同された文学的欲望を整理せよと言うのである。前者の対象的領域に、後者の実践的領域を還元してしまう態度、あるいは「歩く事」だけでは満足できず、その足取りの外に己を吊り支える〈思想＝意匠〉を見出してしまう態度を指して、小林は、「ただ鎧というものは安全ではあろうが、随分重たいものだろうと思う許りだ」（括弧内引用者）と言ってみせるだろう。「意匠」と「便覧」の一般性から、「実践」と「事件」の固有性を擁護すること、あるいは「新しい形を創る過程」の「秘密の闇黒」を守ること、そこに小林秀雄の主眼はあった。

3　「理論」の不可能性について

むろんここには、可分的な「空間」から不可分な「時間」の持続性を区別するベルグソン哲学の影響を認めることができる。ただ、この意匠批判と実践重視の態度だけを一般化すれば、後に丸山真男が批判したような、小林秀雄の「実感信仰」と呼ばれる態度に近くなってくることもまた否めない。つまり「合理的思考、法則的思考への反発」が、「伝統的な心情」と結びつき、それが「感覚的に触れられる狭い日常的現実」に密着することで可能となる一種の非合理主義への傾斜である（丸山真男『日本の思想』一九六一年一一月）。が、先にも述べたように、「故郷を失った文学」を自覚する小林秀雄に、無垢な「実感」、あるいは志賀直哉的な「自然」はもはや許されてはいなかった。たとえば小林は、「実感」に辿り着くためにも、まずは「理論」の不可能性について、次のような〝思考〟を迂回しなければならなかったのである。

バルザックが、この世があるが儘だと観ずる時、あるが儘とは彼にとって人間存在の根本的理解の形式である。だが彼の理解を獲得する事は、人々の生活にとっては最も不便な事に相違ないのである。更に一歩を進めれば、バルザックが「人間喜劇」を書く時、これを己の認識論から眺めたら、己れが「人間喜劇」を書く事も亦あるが儘なる人の世のあるが儘なる一形態に過ぎまい。而も亦、己れが「人間喜劇」を書く事から眺めたら、己れの人間理解の根本規定は蒼然として光を失う概念に過ぎまい。このバルザック個人に於ける理論と実践との論理関係はまたマルクス個人にとっても同様でなければならない。（「様々なる意匠」1巻一五二～一五三）

バルザックは、十九世紀フランス近代社会の全体を描き出そうとして、「人間喜劇」――元々は「社会研究」と題されていた――という壮大な小説世界を構想した。それは、大革命から二月革命までの五十年間に渡るフランス社会の歴史・風俗・経済・人間その全てを「あるが儘」に描写しようとする試みだった。が、確かに生活を描写することと、その生活を生きることとは違う。とすれば、生活から距離をとって「人間喜劇」を構想することは、生活の現場を生きる人々にとっては「最も不便な事に相違ない」はずだ。

さらに言えば、十九世紀フランス社会の全てを描き切ると言うには、今、「人間喜劇」を書いているバルザック自身をも一登場人物としてそこに描き込まれなければなるまい。しかしそれなら、バルザックの試み自体が十九世紀フランス社会の一風俗現象へと堕してしまうことになり、高所から全体を眺め描くという「社会研究」の概念、あるいは、その全体性への信憑は「蒼然として光を失」ってしまうほかはないだろう。つまり小林は、「人間喜劇」の構想を自己言及のパラドクスに追い込むことで、その客観性を狙う全体理論というものを相対化してみせるのである。

むろん、その先に見据えられていたのは、「人間喜劇」より遥かに精緻に組み上げられていたマルクス主義の理論体系（唯物史観）だった。しかし、事情は同じである。たとえば『経済学批判』（一八五九年）のマルクスが言うように、経済的下部構造によって法律的、政治的、文化的上部構造が決定され、その構造変化に伴った階級闘争によって歴史の全体が進展していくのだとしても、その理論を自己言及的に適用した瞬間、マルクス主義もまた「蒼然として光を失う概念」とならざるを得まい。というのも、そのとき、マルクス主義という歴史の客観法則を掲げる全体理論自体が、十九世紀西欧世界の経済的下部構造に規定された相対的な一イデオロギーに過ぎないということになるのだから。

4 「宿命」の在り処

ただし、ここで注意しておきたいのは、バルザックやマルクスの「理論」を相対化していた小林秀雄が、しかしバルザックやマルクスという固有名そのものは否定しなかったという事実である。[3]なるほど「理論」は不可能である。だがそれでも、バルザックやマルクスが、その「理論」に貫かれて生きたという「個々の真実」は残るのだ。それは、かつて「『悪の華』一面」で、意図と効果の交点（X）の不可能性を言いながら、しかし、その不可能性を生きたボードレールの苦闘それ自体は否定しなかったのと同じである。「理論」の廃墟のなかに立ち残った「事実」、あるいは「意図と効果とをへだてた深淵上の最も無意識な縄戯」だけが小林秀雄を動かすことができる。そして、この「人を動かす」もの、あるいは「動か」されたという事実を見据えながら、小林は「宿命」について語り出すのだった。

人は様々な可能性を抱いてこの世に生れて来る。彼は科学者にもなれたろう、軍人にもなれたろう、小説家にもなれたろう、然し彼は彼以外のものにはなれなかった。これは驚く可き事実である。この事実を換言すれば、人は種々な真実を発見する事は出来るが、発見した真実をすべて所有する事は出来ない、或る人の大脳皮質には種々の真実が観念として棲息するであろうが、彼の全身を血球と共に循る真実は唯一つあるのみだという事である。雲が雨を作り雨が雲を作る様に、環境は人を作り人は環境を作る、斯く言わば弁証法的に統一された事実に、世の所謂宿命の真の意味があるとすれば、血球と共に循る一真実とはその人の宿命の異名である。（「様々なる意匠」1巻一三八〜一三九）

人は普通、現在の自分の根拠について因果的＝心理的に語りたがる。たとえば、一人の文学者を前にして、「なぜ文学者になったのか」と問えば、おそらく彼は「哲学にも興味があったが、やはり文学の方が自分に向いていると思ったからだ」とか、「思春期の心の傷を文学で癒したからだ」とか答えるだろう。しかし、このように自己を因果的＝心理的に根拠づけている限り、いつまでたっても彼は彼の「宿命」に辿り着かない。なぜなら、「私」の根拠をAやBやCという属性に還元して語っている限り、その語りからは、AやBやCといった取替可能な属性を前にしながら、なおAを選んでしまっているという「私」、あるいは、Aでしかなかったというこの「私」の事実性が抜け落ちてしまうからである。

だから、問いは更に続けなければならない。「では、なぜ文学が向いていると思ったのか」、あるいは「なぜ、思春期の心の傷を文学で癒さなければならなかったのか」と。しかし、この種の問いをくり返せば、人はいつか言葉に詰まり、次のように答えるしかないことに気がつく。すなわち「それは、私が私だったからだ」と。小林の言う「宿命」とは、この根拠ならざる根拠、同語反復で応ずるほかないような固有性、あるいは性格や属性の手前にあるがゆえに因果的＝心理的には語り得ない〈この私〉の事実性としてあった。だから、その説明は「環境は人を作り人は環境を作る」という循環論として示されるほかはない。が、それは図らずも「私」が無根拠であることをこそ物語っている。因があって果があるといった論理において、同語反復や循環論でしか示せない「私」の存在とは、意味論的には〝無〟としか言い様がないのである。

5 「批評」が生まれるとき

しかし、ここで何より重要なのは、この〈無＝私〉の出来事だけが小林秀雄を動かし、そして、そこでようやく「批評」が立ち上がってくるという逆説である。作者の「宿命」に動かされたという事実のなかに読者の「宿命」が示され、その「宿命」の自覚として「批評」が生み出される。このとき、「批評」は、〝読む〟ことの宿命性として生きられはじめることになる。

芸術家達のどんなに純粋な仕事でも、科学者が純粋な水と呼ぶ意味で純粋なものはない。彼等の仕事は常に、種々の色彩、種々の陰翳を擁して豊富である。この豊富性の為に、私は、彼等の作品から思う処を抽象する事が出来る、と言う事は又何物を抽象しても何物かが残るという事だ。この豊富性の裡を彷徨して、私は、その作家の思想を完全に了解したと信ずる、その途端、不思議な角度から、新しい思想の断片が私を見る。見られたが最後、断片はもはや断片ではない、忽ち拡大して、今了解した私の思想を呑んで了うという事が起こる。この彷徨は恰も解析によって己れの姿を捕えようとする彷徨に等しい。こうして私は、私の解析の眩暈の末、傑作の豊富性の底を流れる、作者の宿命の主調低音をきくのである。この時私の騒然たる夢はやみ、私の心が私の言葉を語り始める、この時私は私の批評の可能を悟るのである。（「様々なる意匠」1巻一三九）

あるテクストを解釈する場合、読者はその言葉の多義性（豊富性）を前にしばしば迷い逡巡する。そこで、読みの一つ一つを数え上げ、そのなかのどれが最も正確な読みなのかを比較検討し、ようやく「その作家の思想を完全に了解したと信ずる」。が、その途端、思いもよらない言葉の断片が、その存在を主張しはじめる。断片はたちまち拡大して、テクストの一義性を食い破り、私の意識をかき乱す。では、ここで読者は振り出しに戻っただけなのか。そうではない。小林は言う、このとき「私は、私の解析の眩暈の末、傑作の豊富性の底を流れる、作者の宿命の主調低音をきく」のだと。つまり、ああも読めるし、こうも読めるといった読みの相対性を経巡りながら、テクストの意味が分解してしまうその臨界で、にもかかわらず眼前のテクストが、動かしがたい一つのかたちをもって私の前に立ち現れているという奇跡的＝飛躍的な事実に気づくこと。「この時私の騒然たる夢はやみ、私の心が私の言葉を語り始める、この時私は私の批評の可能を悟るのである」。

ここで注意すべきは、この奇跡的＝飛躍的な事実をもたらしている「作者の宿命の主調低音」が、テクスト＝言葉の多義性の「底」を流れているとされている点である。つまり、「宿命の主調低音」は、テクストの語義解釈以前のレベルで常に既に聞き取られているということである。それは、「宿命」が人の属性には還元できなかったのと同じように、テクストの意味には回収されず、むしろその意味解釈を可能にしている読者の先了解的地平として到来していることを示唆している。

とすれば、小林の宿命論を次のように言い換えることもできるだろう。〈人は様々な読みの可能性の中でテクストに出会う。彼は、それをAにもBにもCにも読めるだろう。しかし彼は彼以外の読み（出会い）を持てなかった。これは驚く可き事実である〉と。幾多の作家、幾多の読みのなかで、ほかならぬこの作家に動かされ、ほかならぬこの読みを強いられているという事実。それは私が選んだことでさえないはずだ。なぜなら、既に私は、「解析によって己れの姿を捕えようとする」ことの不可能性を通過していたはずなのだから。とすれば、今、私は私の手を離れ、徹底的な受動性に晒されている。気がついたときには、この他者に魅入られ、この他者の「宿命の主調低音」を聞いてしまっている私。そんな私に気がつくこと、いや、そんな私が私だったことに気づくこと。「批評」が生まれるのはこのときである。

人は如何にして批評というものと自意識というものとを区別し得よう。彼の批評の魔力は、彼が批評するとは自覚する事である事を明瞭に悟った点に存する。批評の対象が己れであると他人であるとは一つの事であって二つの事ではない。批評とは竟に己れの夢を懐疑的に語る事ではないのか!
(「様々なる意匠」1巻一三七~一三八)

「批評」と「自意識」が分けられないのは、もはや「他人」と「自分」が分けられないからである。たとえば、ランボーと小林秀雄との出会いを思い出そう。小林は言う、「向こうからやって来た見知らぬ男が、いきなり僕を叩きのめしたのである」と。『地獄の季節』という「豆本は見事に炸裂し、僕は、数年の間、ランボオという事件の渦中にあった」のだと。それがどんなに大袈裟に聞こえようと、その外部から私たちが小林の体験の信憑性を検証することはできない。が、それは実は小林秀雄自身においてさえそうなのである。後に、小林がいくら冷静になって、あの「事件」

は一体何だったのかと反省してみせたところで、その反省が客観性を担保することはあり得ない。なぜなら、そのように反省している小林秀雄自身が、既にランボーによって作り変えられてしまった後の小林秀雄でしかないのだから。

つまり「私」はもはや純粋に「私」ではあり得ないのだ。気がついたときには既に、私のなかには他者が住みついており、私は他者に侵食されている。そのとき、「私」を語ることが「他人」を語ることであり、「他人」を語ることが「私」を語ることであるというような事態が出来《しゅったい》する。「批評の対象が己れであると他人であるとは一つの事であって二つの事ではない」のだ。むろん、それが客観性を担保できないという限りで、その語りが「己の夢」の語りと近似してくることは避け難い。が、同時に、「事件」に遅れて紡がれた現在の言葉において、それが反省的な距離を、つまり「懐疑的」な距離を孕むこともまた不可避だろう。こうして「批評」は、他人と自分、過去と現在との間の綱渡りにも似た「芸」となる。

そして、このとき、誕生が告げられたものこそ「文芸」としての「批評」だった。小林秀雄によって「文芸批評」が自覚された瞬間である。

6 「私」と〈私を超えるもの〉

では、改めて最初の問いに戻ろう。小林秀雄の「自然」はどこにあったのか? それは、ランボーのようにヨーロッパ近代の〈彼方＝アフリカ〉にあった訳ではないし、志賀直哉のように近代の〈手前＝東洋的健康〉にあった訳でもない。小林の「自然」は、近代的懐疑を生きながら、なお、その疑いを口にすることを可能にしている言葉の事実性、つまり、今、ここで、この言葉に、私が「動かされ」てしまっているという事実性のなかにこそあった。ただし、それは直線距離で辿り着いた事実性ではない。東洋の島国日本にあって近代を学び、あるいは近代を超えようとする言葉にさえ出会ってしまうという「混乱」を生きながら、それでもなお消え去らない私の感受性に気づくこと、私が私であることの条件を見つめること。小林の「自然」とはそのようにして出会い直されい、る「宿命」としてあった。

むろん、それ自体が「様々なる意匠」の一つではないのかと問い質すこともできる。しかし、小林秀雄の言う「宿命」が、マルクス主義のような全体的「理論」の網からはこぼれ落ち、因果的＝心理的な「内面」にも還元できず、また断片的感覚の戯れとも無縁だったことは、これまでの議論で明らかだろう。つまり「宿命」とは、様々な「意匠」を疑い、相対化することもできるこの「私」が、しかし、「私」を超えた他者にこそ条件づけられているという被投性としてあり、その限りで、「私」によって選択された「意匠」ではなく、「私」と〈私を超えるもの〉との関係として受容される事実性そのものだったということである。

ただし、「様々なる意匠」という批評文が、その自覚の宣言書であり、その自覚を擁護するために書かれた時代の「意匠」の交通整理だったこともまた否めない。実際、「様々なる意匠」だけでは、小林秀雄が言う「批評」が何でないかは分かっても、具体的にどのようなかたちをとり得るのかは未だ明らかではないだろう。しかし、「様々なる意匠」のなかに、小林の次の一歩を予期させる問いが隠されていなかった訳ではない。

詩人は如何にして、己れの表現せんと意識した効果を完全に表現し得ようか。己れの作品の思いも掛けぬ効果の出現を、如何にして己れの詩作過程の裡に辿り得ようか。では、芸術の制作とは意図と効果とをへだてた深淵上の最も無意識な縄戯であるか？　天才と狂気が親しい仲である様に、芸術と愚劣とは切っても切れぬ縁者であるか？
恐らくここに最も本質的な意味での技巧の問題が現れる。だが、誰がこの世界の秘密を窺い得よう。たとえ私が詩人であったとしても、私は私の技巧の秘密を誰に明かし得よう。（1巻一五一）

しかし、ことは詩人に限らない。その詩を「批評」する営みもまた〈私＝意図〉と〈私を超えたもの＝効果〉とをへだてた「深淵上の最も無意識な縄戯」となるほかはない。というのは、先にも指摘したように、「批評」という営みが、常に他人と自分、過去と現在との間での綱渡りにも似た「芸」として存在しているからである。そして、この両者の間での「縄戯」への視線において現れるものこそが、「最も本質的な意味での技巧の問題」であった。とすれば、その際問われているのは、この「縄」と「戯」に対する次の二つの問いだろう。すなわち、第一に「この縄は一体何によって編まれているのか？」という問いであり、第二に「その縄の上を歩くには、どのような技術が必要なのか？」という問いである。

そして、後の小林秀雄の歩みは、この二つの問いの裡に歩まれた。第一の問いに対しては、「言葉」と「伝統」という道が示され、第二の問いに対しては「無私」と「模倣」という道が示されることになる。が、近代日本の「批評」の誕生までを見届けることを主題とした本論において、その詳細を辿ることはできない。ただ、それでも、後の小林秀雄のおおよその足取りだけは簡単に確認しておきたい。小林秀雄の軌跡を見届けるということは、ほとんどそのまま、近代日本を生きるということの「宿命」について考えるということでもある。

註

▼1 江藤淳「解説」『Xへの手紙・私小説論』（新潮文庫）、参照。

▼2 ただし、小林秀雄の「一つの脳髄」が、志賀直哉の「濁った頭」（明治四四年四月）からの影響で書かれたという見方もある。たとえば清水孝純編『鑑賞日本現代文学16小林秀雄』（角川書店、昭和五六年）参照。ただし、志賀の「濁った頭」が狂気と犯罪を描いているのと比べると、やはり小林の「一つの脳髄」は、ヴァレリー的「自意識」をモチーフとしていると見るのが適当だろう。

▼3 たとえば、文芸批評家の井口時男は、小林の「宿命」を、ソール・A・クリプキ（『名指しと必然性——様相の形而上学と心身問題』）や柄谷行人（『探求Ⅱ』）の議論を援用しながら、確定記述の束（属性）に還元できない固有名（単独者）の問題として整理している。井口時男「宿命と単独性——小林秀雄と柄谷行人」（『ユリイカ』平成一三年六月）参照。

第11章

見出された「宿命」――近代日本と伝統

1 「混乱」のなかで

昭和十一年四月、中野重治は「閏二月二十九日」を『新潮』に発表した。その冒頭、二・二六事件の喧騒のなかで聞こえてきた「銃声」や「万歳の叫び」や「タンクの行進する音」などに言及しながら、中野は自らに言い聞かせるように書いていた。「日本の文学世界は混沌としてるように見えるけれども、それを貫く社会的論理の糸は途絶えてはいない」と。そして、そこから逆に、プロレタリア文学運動壊滅後に、その「反動」性を顕わにしていた横光利一と小林秀雄の文学とを取り上げ、それを徹底的にこき下ろすのである。

しかし、それに対する小林秀雄の反応は落ち着いていた。統制派が皇道派を押さえ込むかたちで、日本が戦争への道を歩みはじめようとしていたそのとき、小林秀雄は、ただ近代日本が強いられてきた「批評的言語の混乱」に意を注ぎ、その自覚を促すのであった。

僕という批評家は、たまたま非論理的である批評家ではない、仕事の根本に非合理主義を置いている批評家だと君はいう。しかし僕には非合理主義の世界観というような確乎たる世界観なぞないのだ。また、わが国の今日の慌ただしい文化環境が、そんな世界観を育ててくれもしなかった。〔…〕

僕は「様々なる意匠」という感想文を「改造」に発表して以来、あらゆる批評方法は評家のまとった意匠に過ぎぬ、そういう意匠を一切放棄して、まだいう事があったら真の批評はそこからはじまる筈だ、という建前で批評文を書いて来た。今もその根本の信念には少しも変りはない。〔…〕

第一僕は自己証明などといっても、すでに、確乎たる自己を見失わざるを得ないような状態にある自己の証明を強いられて来たのだ。僕の批評文の逆説性は、僕の批評原理が強いられた逆説性を語るものである。〔…〕

僕等は、専門語の普遍性も、方言の現実性も持たぬ批評的言語の混乱に傷ついて来た。混乱を製造しようなどと誰一人思った者はない、混乱を強いられて来たのだ。その点君も同様である。今はこの日本の近代文化の特殊性によって傷ついた僕等の傷を反省すべき時だ。負傷者がお互に争うべき時ではないと思う。（「中野重治君へ」昭和一一年四月、7巻八六～八九）

「様々なる意匠」によって文壇デビューを果たした小林秀雄は、既に「意匠」のメタレベルに立って、それらの悲喜劇を眺め渡せばいいというわけにはいかなかった。文壇ジャーナリズムのなかで筆を執る小林秀雄にとって、「意匠」たちに混じっての実践的な言葉、つまり、不特定多数の他者を説得できる言葉こそが必要だったのである。しかし、そのときにこそ、小林は「専門語の普遍性も、方言の現実性も持たぬ批評的言語の混乱」を思い知らされることになるのだった。単なる西欧思想の翻訳語（専門語）に頼ることもできなければ、日本的現実に密着した言葉（方言）もまた失われているという現実に直面すること。小林秀雄は、この他人と自分とをつなぐ土台＝言葉が失われているという、「日本の近代文化の特殊性」の自覚において、日本人は「混乱を強いられて来た」と言うのである。

なるほど、明治以降、世界の列強に伍して独立を守るために日本は急激な近代化を強いられてきた。それは鹿鳴館に象徴されるように、日本の西欧化を意味した。そして、明治政府は、文明開化、富国強兵、殖産興業、立身出世の掛け声によって、一見その近代化＝西欧化に成功したかに見えた。が、まもなく日本近代化のボロが明るみに出はじめる。明治三十年代から四十年代にかけて、日本の近代化に適応異常を起こした人々の「内面」が迫り出してくるのである。つまり、「外面」の近代化が進むにつれて、その文明の利器には還元できない「内面」の問題が次第に現れはじめるのである。そして、この「内面」の受け皿となったのが文学だった。しかし、「内面」の近代化は、物質文明の近代化のように簡単にはいかない。もし、それを徹底すれば、西欧の政治、経済、法律の背後にあるキリスト教文明と、それに密着した西洋の伝統文化の全体を輸入しなければならないだろう。が、そんなことはもちろん不可能だった。そして、その不可能性の内に、日本近代の精神と身体との分裂、その「混乱」が生み出されていったのである。

しかも、その「混乱」は、言葉を扱う文学において最も如実だった。「外面」の近代化からこぼれ落ちてしまった「内面」を、しかし近代化以降の言葉で表現しなければならないという矛盾。そんな矛盾のなかで、「神」「個人」「社会」「恋愛」「自由」「権利」などという新しい言葉が次々と翻訳輸入され、人々は、それらの指すものが何なのかも分からぬまま、その上滑った言葉、付け焼刃の権威に振り回されていった。

　なかでも危機的な様相を強いられたのは、小説ではなく「批評」だった。たとえば小説家なら、新感覚派の作家がそうであったように、描かれた外界に自らの「混乱」の責任を預けることもできただろう。が、「飽くまでも言語の論理的造形性に頼らねばならぬ」（「言語の問題」昭和一一年九月）「批評」において、文学者は指示対象なき翻訳語のいかようにもし難い「混乱」を生きながら、なおその「混乱」の責任を己の外に預けることができなかったのである。ここに小林秀雄が生きた近代日本における〈危機 crisis = 批評 critique〉の様相がある。

　では、小林秀雄は、この「日本の近代文化の特殊性」にいかに処したのか？　あるいは「混乱」する近代日本のどこに、人と人との間にかかる「見事な橋」（「Xへの手紙」昭和七年九月）を見出すことができたのか？　最後に、それらの問いに対する小林秀雄の答えを見届けておきたい。私には、その答えが、「近代」というものに癒えるということの本当の意味を教えてくれているように見える。

2　ドストエフスキーへの視線

「様々なる意匠」（昭和四年九月）発表の一ヵ月後、アメリカ・ウォール街に端を発した大恐慌（昭和四年一〇月）は瞬く間に世界に広がった。以後、世界のブロック経済圏化は進み、植民地獲得競争に遅れをとっていた日本は厳しい立場におかれることになった。そして翌昭和五（一九三〇）年には、ロンドン海軍軍縮条約調印（四月）に際して浜口雄幸内閣の統帥権干犯問題が取り沙汰され、それが元で右翼青年に浜口首相が暗殺されるという事件が起こった。この事件以後敗戦まで、日本には二度と協調外交と安定の時代が戻って来ないだろう。また昭和六（一九三一）年には満州事変が、そして昭和七年には血盟団事件と五・一五事件が起こり、昭和という「不安」な時代は、急速に軍国主義的傾斜を強めていくことになるのだった。

そんな時代状況を背景に文学界もまた揺れ動いた。とくに昭和八（一九三三）年の小林多喜二虐殺事件（二月）と、佐野学・鍋山貞親の転向声明（六月）は昭和文学史の大きな曲がり角を印している。小林多喜二の虐殺によって直面させられた死の恐怖に、共産党幹部の転向声明が重なり、プロレタリア作家たちは次々に己の信条を翻していったのである。そして、翌昭和九（一九三四）年三月の日本プロレタリア作家同盟の解散によって、あれだけ隆盛を誇ったプロレタリア文学運動が終わりを告げるのと同時に、彼ら転向者たちの「不安」を反映して、文壇ではシェストフの絶望の哲学が読まれ、また、私小説風の「転向文学」が次々に発表されていった。そして更に翌昭和十（一九三五）年、「文学の運動を否定するために、進んで文学の運動を開始する」（「『日本浪曼派』広告」昭和九年一一月）と謳う保田與重郎によって、雑誌『日本浪曼派』が立ち上げられることになるのだった。小林秀雄のデビュー（昭和四年）から五、六年のうちに、時代の「意匠」は目まぐるしく交替し、日本の近代はかつてなく「混乱」していたと言える。

しかし同じ頃、小林秀雄はそんな「混乱」をこそ徹底するべく、次のように書いていた。「僕はこの混乱の実相に徹したいと希っている。この混乱を機縁として、わが国の文学批評史がはじめて遭遇した問題、即ち「批評は何故困難であるか」という問題、何処につれていかれるかは知らぬが、この問題の萌芽を摑んで離すまいと思っている。」（「文学界の混乱」昭和九年一月）と。そして、この「社会不安のなかに大胆に身を横たえ」（「『紋章』と『雨風強かるべし』を読む」昭和九年一〇月）るという姿勢において、小林は次第にロシアとドストエフスキー文学に引き寄せられていった。それは、小林秀雄の資質によって選び取られた道というより、むしろ、この近代日本の「混乱」を生きながら、なお自力で「批評」を立ち上げようとする者が強いられた一つの「必要」だったように見える。

僕は近頃必要あってロシヤの歴史をいろいろ読み、ロシヤの文化というものがいかに若いかという事を痛感した。ドストエフスキイとフロオベルとが同じ年に生れ殆ど同じ年に死にながら、いかに異った環境に生活したかを了解した。〔…〕振り返ってみても頼るべき文化の伝統らしい伝統はみあたらず、西欧の思想を手当たり次第に貪るより他に進む道はない、而も既に爛熟し専門化した輸入思想を受けとってもこれを託すべき専門家がみつからぬから、何でも彼でも自分一人でこれと戦わねばならぬ。そういう状態なのだ、彼等があああいう見事な文学を作り上げたのは。（「『紋章』と『雨風強かるべし』を読む」昭和九年一〇月、5巻二二二）

小林秀雄にとって、ロシア文学が強いられた条件とは、ほとんど日本文学が強いられた条件と同じだった。昭和文学の「混乱」を目の当たりにしながら「こん度こそは本当に彼［ドストエフスキー］を理解しなければならぬ時が来たらしい」（「現代文学の不安」昭和七年六月）と書いた小林は、また、後にも「僕がドストエフスキイの長篇評論を企図したのは、文芸時評を軽蔑した為でもなければ、その煩に堪えかねて、古典の研究にいそしむという様なしゃれた余裕からでもない。〔…〕僕にも借りものではない思想が編みだせるなら、それが一番いい方法だと信じたが為だ」（「再び文芸時評に就いて」昭和一〇年二月）と、ドストエフスキーへの自己仮託を隠そうとはしないだろう。

そして実際、昭和八年からドストエフスキーの作品研究に手をつけはじめた小林秀雄は、昭和十年に『文学界』の責任編集を担うのと同時に、同誌での「ドストエフスキイの生活」の連載（昭和一〇年一月〜一二年三月）へと向かっていった。小林は、インテリゲンチャと民衆とが分裂する近代後進国家ロシアと、そこに生きたドストエフスキーという作家が強いられた「混乱」と、その「混乱」に徹することを支え得たものについての思索を深めていくのである。

3　「伝統」と「模倣」

そして、「ドストエフスキイの生活」で摑んだ、文学者のナロード（民衆）への信頼を近代日本に折り返したとき、小林が見出したものこそ、自らの足元を支えている「伝統」と「言葉」への信頼だった。小林は言う、「伝統は何処にあるか。僕の血のなかにある。若し無ければ僕は生きていない筈だ」、「伝統の無いところに文学はない」（「文学の伝統性と近代性」昭和一一年一二月）と。そして、この「伝統」の実相において「日本語」というものを見据えながら小林は言う、「どんなに日本語というものが不自由だって、僕等は日本語で書くより他はない」、「文脈の宿命とはそういう文脈に生きる僕等自身の宿命に他ならない」ないのだと（「日本語の不自由さ」昭和一三年一月）。

日本の近代がどんなに「混乱」していようと、その「混乱」を生き、そのデカダンスをデカダンスだと感じられるという事実において、私たちは紛れもなく日本人であるほかはないのだ。あるいは、誰も、日本語というものの外部で、この近代日本の「混乱」に直面できない以上、その「混乱」のリアリティさえもが、やはり過去からの「伝統」によって支えられていると言うほかはないのだ。とすれば、次のように言うこともできるだろう。もし私の〈言葉＝文学〉がリアリティを獲得し、それが他者との間の「見事な橋」（「Xへの手紙」）となることができるのだとすれば、それは、根拠なく与えられた〈この私〉の「宿命」を信頼することによってのみなのだと。

果たして、この小林秀雄の確信は、日中戦争（昭和一二年七月〜）の深まりとともにより強固なものとして育て上げられていった。ただし、注意すべきなのは、その確信が、よくある「日本回帰」の物語とは違って、今、ここを生きる「私」の単独性に根ざしていたという点である。小林は言う、「何処に還れと言われて、現在ある自分自身より他に還る場所はない」のだと（「満州の印象」昭和一四年一月）。そして、その「現在ある自分自身」を支えているものこそが、「客観的なものでもなければ、主観的なものでもない」ところの「歴史に関する僕等の根本の智慧」なのだと。

言ってみれば、それは「子供が死んだという歴史上の一事件の掛替えの無さを、母親に保証する」ような「思い出」であり、その「悲しみ」のリアリティに裏づけられた技術、つまり「二度と返らぬ過去を、現在のうちに呼び覚ます」能力のようなものとしてあった（「歴史について」昭和一四年五月）。じじつ、「思い出」とは、私と切り離された単なる客観的事実ではないし、私の内部だけで完結するような主観的空想でもないだろう。それは意味より以前に私に到来し、「私」と〈私を超えるもの〉との関係を織り上げているもの、まさしく、「歴史とか伝統とか呼ぶ第二の自然」（「文学と自分」昭和一五年一一月）と私との関係性そのものとしてあった。

そして以後、この関係性の引き受けにおいて、小林秀雄の「批評」は独特の相貌を帯びはじめることになるのだった。「歴史」が「解釈を拒絶して動じないもの」（「無常という事」昭和一七年七月）であり、その「美しい形」だけが小林秀雄を動かすのだとすれば、それに応じた「批評」のかたちもまた単なる「解釈」とは異なる営みとなるほかはなかったのである。

　ときに小林秀雄は、「作品とは自然の模倣を断じて出る事は出来ないのであって、作品とは芸術家が心を虚しくして自然を受け納れるその受け納れ方の極印である」（「文学と自分」前掲）と言った。だがこの「作品」についての言葉は、「歴史のなかに己の顔を見る」という「批評」の営みについても当てはまる。とすれば、後に文芸批評家の山城むつみが指摘したように、「ドストエフスキー・ノート」における小林秀雄の試み、つまり「他人が書いた文章をほとんどそのまま繰り返す」という「奇怪な反復ぶり」[1]もまた、小林の「自然」（作品）に対する「模倣」の一つだったと考えるべきだろう。ただし、それはドストエフスキーの作品論に限った話ではない。対象との距離こそ違え、「ドストエフスキイの生活」はドストエフスキーが生きた十九世紀ロシア史の「模倣」としてあり、「当麻」から「実朝」にいたる戦中期の日本古典論は中世史の「模倣」であり、あるいは戦後に書かれた『ゴッホの手紙』や『本居宣長』もまた小林秀雄独特の「模倣」の成果としてあった。それは一貫して、「無私」（非解釈）の裡に受け取られた自然＝作品への聴従、そしてその「歴史」を「上手に思い出す事」（「無常という事」前掲）の実践としてあったということである。

4　「近代の超克」と小林秀雄

しかし、それなら、「歴史」を「上手に思い出す事」に賭けられていた小林秀雄の「批評」は、もはや新解釈や独創的知見を競い合うといった近代的批評の地平をも超え出ていたと言うべきではないのか。そして、その視点を拡大すれば、小林批評の総体が、小林秀雄における「近代の超克」の試みとしてあったと言うべきではないのか。しかし、注意したいのは、このときの小林秀雄の姿勢が、「近代の超克」をめぐって、「日本の血統の樹立」（保田與重郎）や「勤皇の心」（林房雄）を情念的に謳い上げていた日本浪曼派とも、また「世界史の哲学」（高山岩男）や「主体的無の立場」（西谷啓治）を理念的に論じていた京都学派とも似ていなかったという事実である。

大東亜戦争勃発直後の昭和十七年の夏、『文学界』（九、一〇月号）誌上でなされた座談会「近代の超克」において、小林秀雄は次のように語っていた。

> 近代の超克といふことを僕等の立場で考へると、近代が悪いから何か他に持つて来ようといふやうなものではないので、近代人が近代に勝つのは近代によつてである。僕等に与へられて居る材料は今日ある材料の他にはない。その材料の中に打ち勝つ鍵を見付けなければならんといふことを僕は信じて居ます。（『近代の超克』二五四）

「近代」のほかに何をもって来ようと、その言葉がこの私の〈宿命―自然―実感〉に貫かれていない限り、それもまた一つの「意匠」でしかない。そのとき、近代を超えようとする〝姿〟そのものが近代的な焦燥を帯びてくる。だから、問題は近代主義でも、超近代主義（革命）でも、反近代主義（復古）でもないのだ。小林秀雄の〝姿〟が教えているのは、「近代」に対しては、ただ癒えるということだけが、できるのだということである。

たとえば、気がつくと傷口に瘡蓋《かさぶた》ができており、その瘡蓋がいつか剥がれ、そこに新たな皮膚が再生しているように、日本と西洋との摩擦によってできた傷に対しても、私たちは私たち自身がもっている自然の治癒力に頼るほかはないのだ。だから、意識して待つことが必要なのだろう。眼前の「混乱」から視線を上げて、その「混乱」を収めてくれる言葉を探し求めるのではない。そうではなくて、自らが強いられてきた「混乱」、その足元への視線において、なお死に絶えていない己の実感を掬い取ること。「危機」に際して、自分を支えているものの輪郭を描き取ること。

おそらく、私を超えて私に到来しているものを日に新たに救い出し続けるこの努力のなかに、日々の生活の落ち着きが戻って来るのであり、やがて、この落ち着きのなかに、近代の「個性とか独創とか創造とかを言う強い傾向」（「伝統」昭和一六年六月）に囚われることがないという「真の自由」が現れ出るのである。

かつて小林秀雄は書いていた。「確かなものは覚え込んだものにはない。強いられたものにある。強いられたものが、覚えこんだ希望に君がどれ程堪えられるかを教えてくれるのだ」（「新人Xへ」昭和一〇年九月）と。

5　結語――小林秀雄の「自然」

ところで敗戦から二十年近く経った頃、年少の友人である中村光夫、福田恆存とともに「文学と人生」という座談会（昭和三八年八月）に出席した小林秀雄は、自分がボードレールよりもランボーに惹きつけられた理由を述べながら、それがフランス文学の味わいとさえ関係がなかったかもしれないことについて次のように述べている。

いま反省してみると、ランボオのイメージというものは、ボードレールには見つからなかったものだ。ボードレールのイメージよりも日本人に近いんだよ。そこに感動したんだ。やはり日本の歌や俳句にあるイメージに近いものだ。〔…〕自然があるんだよ、自然が。ボードレールにはそれがないんだよ。〔…〕あのころ僕にあったランボオに対するいろいろの空想を、僕は青春の空想だと思っているよ。しかしその非常にリアルなイメージは僕の意識のなかに潜んでいる意識、僕の意識じゃない。やはり日本人としての民族的な意識と言ってもよい、そういうものとマッチした、物の象徴力の型とか発想とかのアナロジイの問題だがね。ロシア文学にもそれがあるように思う。何というか、リアルというものだね。（「文学と人生」二七二）

このとき、E・ウィルソンが言ったあの「ランボーの道」は、小林秀雄によって日本的な「自然」の道へと折り重ねられていた。十九世紀的な「人間性の解体」の彼方に望見された非西欧的な〈野性＝全体〉が、小林秀雄においては日本的な〈自然＝全体〉のなかに確かめられていた。なるほど、それは一見、「日本人としての民族的な意識」の枠を超えられないことに対する諦めのようにも見える。が、注意したいのは、その諦めのなかにこそ、小林秀雄の「リアルというもの」の手触りが担保されていたということである。そこには、己の存在が可能になる外部なき地平＝全体的なるものを自得したという小林秀雄の〝自信〟とでも呼ぶべき姿が垣間見える。私が何を学ぼうと、何を知ろうと、何を感じようと、それが「私」の意識（部分）を超えた場所（全体）――「僕の意識じゃない」場所――に常に既につながっているということへの信頼。小林秀雄において、もし「自由」と呼べるものがあるとすれば、それは、そんな己の「宿命」を自覚する場所にしかなかった。小林秀雄の「無私を得る道」が、同時に「己を知る道」でもあった所以である。

　しかし、それは小林秀雄における「悟り」（坂口安吾「教祖の文学」昭和二二年六月）などという大袈裟なものでは決してない。むしろ、大袈裟すぎる日本主義イデオロギーが跋扈《ばっこ》する時代のなかで、小林秀雄が次のような「常識」だけを記していたことを想起すべきである。

> 空想は、どこまでも走るが、僕の足は僅かな土地しか踏む事は出来ぬ。永生を考えるが、僕は間もなく死なねばならぬ。沢山の友達を持つ事も出来なければ、沢山の恋人を持つ事も出来ない。腹から合点する事柄は極く僅かな量であり、心から愛したり憎んだりする相手も、身近かにいる僅かな人間を出る事は出来ぬ。それが生活の実状である。皆その通りしているのだ。社会が始まって以来、僕等はその通りやって来たし、これからも永遠にその通りやって行くであろう。文学者が己れの世界を離れぬとは、こういう世界だけを合点して他は一切合点せぬという事なのであります。（「文学と自分」昭和一五年一一月、13巻一五三）

日本の近代は、明治の文明開化（ヨーロッパ化）から右の小林秀雄の言葉が書かれるまでにおよそ七十年を要した。そして、戦後という第二の文明開化（アメリカ化）から現在までもおよそ七十年。果たして私たちは小林秀雄に匹敵する言葉をどれほど持ち得ているのか。未だ無邪気な「意匠」たちが喧伝され続けている現在、私の目に「批評」は、もはや知的ゲームに堕したと見紛うまでに衰弱しているように見える。が、焦燥して見せたところで仕方がないのだろう。小林秀雄の〝姿〟が示しているように、「批評」の極意とは、己の言葉をこの「生活の実状」から離さぬという覚悟以上のものではないのだから。

註

▼1　山城むつみ「小林批評のクリティカル・ポイント」（『群像』平成四年六月初出、『文学のプログラム』講談社文芸文庫所収）参照。

参考文献

＊文庫版など複数の版があるものに関してはできうる限り入手しやすく、参照しやすいものを掲載した。また、刊行年は参照した版のものを記した。

第Ⅰ部　矛盾《ジレンマ》時代への処方箋——現代社会、ロマン主義、明治日本

中江兆民『中江兆民全集』全一七巻・別巻一、岩波書店、一九八三〜一九八六年
北村透谷『透谷全集』全三巻、岩波書店、一九五〇年
石川啄木『啄木全集』全八巻、筑摩書房、一九六七〜一九六八年

＊

飛鳥井雅道『中江兆民』吉川弘文館、一九九九年
東浩紀『一般意志2・0』講談社、二〇一一年
アーレント、ハナ『全体主義の起原　第二巻』大島通義、大島かおり訳、みすず書房、一九八一年
井田進也『中江兆民のフランス』岩波書店、一九八七年
魚住折蘆「自己主張の思想としての自然主義」『折蘆書簡集』岩波書店、一九七七年
宇野重規『民主主義のつくり方』筑摩叢書、二〇一三年
宇野重規『〈私〉時代のデモクラシー』岩波新書、二〇一〇年
江藤淳『リアリズムの源流』河出書房新社、一九八九年
江藤淳『近代以前』文春学芸ライブラリー、二〇一三年
江藤淳『小林秀雄』講談社、一九六一年
岡倉天心『茶の本』講談社学術文庫、一九九四年
桶谷秀昭「北村透谷小伝」北村透谷『北村透谷集』旺文社文庫、一九七九年
小野紀明『美と政治　ロマン主義とナショナリズム』岩波書店、一九九九年
片岡良一『日本浪漫主義文学研究』法政大学出版局、一九五八年
加藤典洋『日本という身体』講談社、一九九四年
川崎修『アレント』講談社、一九九八年
クロコウ、クリスティアン・グラーフ・フォン『決断　ユンガー・シュミット・ハイデガー』高田珠樹訳、柏書房、一九九九年

木下順二・江藤文夫編『中江兆民の世界』筑摩書房、一九七七年
金田一京助「晩年の石川啄木」『啄木全集　第八巻』筑摩書房、一九六八年
幸徳秋水『兆民先生・兆民先生行状記』岩波文庫、一九六〇年
小西豊治『石川啄木と北一輝』伝統と現代社、一九八〇年
小林秀雄「様々なる意匠」「悪の華一面」『小林秀雄全作品1』新潮社、二〇〇二年
権左武志「丸山眞男の政治思想とカール・シュミット」（上・下）『思想』第九〇三・九〇四号、岩波書店、一九九九年
酒井健『「魂」の思想史』筑摩書房、二〇一三年
坂本多加雄「中江兆民における道徳と政治」『市場・道徳・秩序』ちくま学芸文庫、二〇〇七年
坂本多加雄「中江兆民『三酔人経綸問答』再読」『日本は自らの来歴を語りうるか』筑摩書房、一九九四年
シュミット、カール『政治的ロマン主義』大久保和郎訳、みすず書房、二〇一二年
シュミット、カール『政治的なものの概念』田中浩、原田武雄訳、未来社、一九七〇年
シュミット、カール『政治神学』田中浩、原田武雄訳、未来社、一九七一年
シュレーゲル、フリードリッヒ「リュツェーウム断片」『ロマン派文学論』山本定祐編訳、富山房百科文庫17、一九七八年
新保祐司編『北村透谷《批評》の誕生』至文堂、二〇〇六年
高山樗牛「戯曲に於ける悲哀の快感を論ず」『改訂注釈樗牛全集　第一巻』日本図書センター、一九八〇年
高山樗牛「現代思想界に対する吾人の要求」『改訂注釈樗牛全集　第四巻』日本図書センター、一九八〇年
竹内好『竹内好コレクションⅠ』日本経済評論社、二〇〇六年
ドーク、ケヴィン・マイケル『日本浪曼派とナショナリズム』小林宜子訳、柏書房、一九九九年
長岡新吉「日露戦後の恐慌と「不況の慢性化」の意義（一）」北海道大学経済学研究、一九六九年
仲昌正樹『カール・シュミット入門講義』作品社、二〇一三年
夏目漱石「戦後文壇の趨勢」『漱石全集　第二五巻』岩波書店、一九九六年
ニーチェ、フリードリッヒ『悦ばしき知識』信太正三訳、ちくま学芸文庫、一九九三年
西垣通『麗人伝説』リブロポート、一九九四年
萩原朔太郎「絶望からの闘争」『萩原朔太郎全集　第四巻』筑摩書房、一九七五年
橋川文三『昭和維新試論』朝日新聞社、一九八四年
橋川文三「石川啄木とその時代」『橋川文三著作集　第三巻』筑摩書房、二〇〇〇年
土方和雄『中江兆民』東京大学出版会、一九五八→二〇〇七年
福澤諭吉『学問のすゝめ』岩波文庫、一九四二年

福澤諭吉「民情一新」『福澤諭吉全集　第五巻』岩波書店、一九七〇年
福田和也『日本の家郷』洋泉社MC新書、二〇〇九年
福田和也『保田與重郎と昭和の御代』文藝春秋、一九九六年
ベンヤミン、ヴェルター『ドイツ・ロマン主義における芸術批評の概念』浅井健二郎訳、ちくま学芸文庫、二〇〇一年
Baudelaire, Charles. *Le Spleen de Paris Petits Poémes en prose*, Éditions Gallimard, 2006.
ボードレール、シャルル『巴里の憂鬱』三好達治訳、新潮文庫、二〇〇八年
松浦寿輝『明治の表象空間』新潮社、二〇一四年
松本健一『石川啄木』筑摩書房、一九八二年
山内久明・阿部良雄・高辻知義『ヨーロッパ・ロマン主義を読み直す』岩波書店、一九九七年
山田広昭『三点確保　ロマン主義とナショナリズム』新曜社、二〇〇一年
横張誠『ボードレール語録』岩波現代文庫、二〇一三年
米原謙『日本近代思想と中江兆民』新評論、二〇〇二年
吉田精一『近代日本浪漫主義研究』精興社、一九四三年
若松英輔『「茶の本」を読む』岩波現代文庫、二〇一四年

第Ⅱ部　「批評」の誕生――小林秀雄と昭和初年代

小林秀雄『小林秀雄全作品』全二八巻、別巻四巻、新潮社、二〇〇二～二〇〇五年

＊

青野季吉『明治文學入門』社会思想研究会出版部・現代教養文庫、一九五三年
青野季吉「自然生長と目的意識」『日本近代文学評論選　昭和篇』千葉俊二・坪内祐三編、岩波文庫、二〇〇四年
青野季吉「現代文學の十大缺陥」『現代日本文學論争史　上』平野謙・小田切秀雄・山本健吉編、未来社、一九六七年
青野季吉「正宗氏及び諸家の論難を讀む」『現代日本文學論争史　上』平野謙・小田切秀雄・山本健吉編、未来社、一九六七年
青野季吉「正宗氏の批評に答へ所懐を述ぶ」『現代日本文學論争史　上』平野謙・小田切秀雄・山本健吉編、未来社、一九六七年
芥川龍之介「プロレタリア文芸の可否」『芥川龍之介全集7』ちくま文庫、一九八九年
芥川龍之介「芸術のその他」『芥川龍之介全集7』ちくま文庫、一九八九年
芥川龍之介「西方の人」『芥川龍之介全集7』ちくま文庫、一九八九年
芥川龍之介「地獄変」『芥川龍之介全集2』ちくま文庫、一九八六年

芥川竜之介「或阿呆の一生」『芥川龍之介全集6』ちくま文庫、一九八七年
芥川龍之介「震災の文藝に與ふる影響」『芥川龍之介全集　第六巻』岩波書店、一九七八年
芥川龍之介「あの頃の自分の事」『芥川龍之介全集　第二巻』岩波書店、一九七七年
芥川龍之介「戯作三昧」『芥川龍之介全集2』ちくま文庫、一九八六年
芥川龍之介「将軍」『芥川龍之介全集4』ちくま文庫、一九八七年
芥川龍之介「鼻」『芥川龍之介全集1』ちくま文庫、一九八六年
芥川龍之介「河童」『芥川龍之介全集6』ちくま文庫、一九八七年
朝日平吾「死の叫び声」『現代日本思想体系31　超国家主義』橋川文三編・解説、筑摩書房、一九六四年
有島武郎「宣言一つ」『日本近代文学評論選　明治・大正篇』千葉俊二・坪内祐三編、岩波文庫、二〇〇四年
有島武郎「武者小路兄へ」『日本近代文学大系第58巻　近代評論集Ⅱ』角川書店、一九七二年
アルトー、アントナン『演劇とその形而上学』安堂信也訳、白水社、一九六五年
アーレント、ハナ『全体主義の起原3』大久保和郎、大島かおり訳、みすず書房、一九九五年
安藤宏『自意識の昭和文学――現象としての「私」』至文堂、一九九四年
安藤宏・島内裕子『日本の近代文学』放送大学教育振興会、二〇〇九年
井口時男『批評の誕生／批評の死』講談社、二〇〇一年
井口時男「宿命と単独性――小林秀雄と柄谷行人」『ユリイカ』六月号、二〇〇一年
石川啄木「時代閉塞の現状」『時代閉塞の現状・食うべき詩』岩波文庫、二〇〇〇年
磯田光一『思想としての東京』講談社文芸文庫、一九九〇年
磯田光一『鹿鳴館の系譜――近代日本文芸史誌』講談社文芸文庫、一九九一年
磯田光一「芥川龍之介論――大正精神の一断面」『芥川龍之介全集2』ちくま文庫、一九八六年
伊藤整「新心理主義文学」『日本近代文学評論選　昭和篇』千葉俊二・坪内祐三編、岩波文庫、二〇〇四年
井上良雄「芥川龍之介と志賀直哉」『井上良雄評論集』梶木剛編、国文社、一九七一年
今井清一編著『日本の百年6　震災にゆらぐ』ちくま学芸文庫、二〇〇八年
ヴァレリー、ポール『ムッシュー・テスト』清水徹訳、岩波文庫、二〇〇四年
ヴァレリー、ポール「精神の危機」『ヴァレリー・コレクション　上』東宏治・松田浩則訳、平凡社ライブラリー、二〇〇五年
ウィルソン、エドマンド『アクセルの城――一八七〇年から一九三〇年にいたる文学の研究』土岐恒二訳、ちくま学芸文庫、二〇〇八年
ウィルソン、エドマンド『フィンランド駅へ――革命の世紀の群像』（上・下）、みすず書房、一九九九年

魚住折蘆「自己主張の思想としての自然主義」『日本近代文学評論選　明治・大正篇』千葉俊二・坪内祐三編、岩波文庫、二〇〇四年
臼井吉見『大正文学史』筑摩書房、一九七三年
臼井吉見『近代文学論争』（上・下）、筑摩書房、一九七五年
ウラジーミル・イリイチ・レーニン『なにをなすべきか？』村田陽一訳、大月書店、一九六五年
江藤淳『小林秀雄』講談社文芸文庫、二〇〇二年
江藤淳「解説」『Xへの手紙・私小説論』新潮文庫、二〇〇〇年
エリオット、T・S「異神を追いて──近代異端入門の書」『エリオット選集　第三巻』中橋一夫他訳、彌生書房、一九七五年
エンゲルス、フリードリヒ『空想から科学へ──社会主義の発展』大内兵衛訳、岩波文庫、一九九六年
大杉栄「生の拡充」『大杉栄評論集　反逆の精神』平凡社ライブラリー、二〇一一年
小田切進『昭和文学の成立』勁草書房、一九六五年
小田切進『日本近代文学の展開──近代から現代へ』読売選書、一九七四年
オルテガ・イ・ガセット、ホセ『大衆の反逆』神吉敬三訳、ちくま学芸文庫、一九九五年
葛西善蔵「子をつれて」『悲しき父／椎の若葉』講談社文芸文庫、一九九四年
片上天弦「無解決の文学」『日本近代文学評論選　明治・大正篇』千葉俊二・坪内祐三編、岩波文庫、二〇〇四年
亀井勝一郎『我が精神の遍歴』講談社、一九七〇年
亀井勝一郎「転形期に於ける作家の自我について」『昭和批評体系1　昭和初年代』番町書房、一九六八年
唐木順三「芥川龍之介の思想史上に於ける位置」『日本文学研究資料叢書　芥川龍之介Ⅱ』有精堂、一九七七年
唐木順三「芥川龍之介に於ける人間の研究」『日本文学研究資料叢書　芥川龍之介Ⅱ』有精堂、一九七七年
柄谷行人『探求Ⅱ』講談社学術文庫、一九九四年
河上徹太郎他・竹内好『近代の超克』冨山房百科文庫、一九九九年
菊池寛「災後雑感」『菊池寛文學全集　第六巻』文藝春秋、一九六〇年
北村透谷「人生に相渉るとは何の謂ぞ」『北村透谷選集』勝本清一郎校訂、岩波文庫、一九八九年
木村靖二・柴宜弘・長沼秀世『世界の歴史26──世界大戦と現代文化の開幕』中公文庫、二〇〇九年
キーン、ドナルド『日本文学史　近代現代篇』一～九、中公文庫、二〇一一～二〇一二年
熊野純彦『日本哲学小史──近代100年の20篇』中公新書、二〇〇九年
栗原幸雄編・解説『思想の海へ14──芸術の革命と革命の芸術』社会評論社、一九九〇年
クリプキ、ソール・A『名指しと必然性──様相の形而上学と心身問題』八木沢敬・野家啓一訳、産業図書、一九八五年

蔵原惟人「解説」、小林多喜二『蟹工船 一九二八・三・一五』岩波文庫、二〇〇三年
蔵原惟人「プロレタリア・レアリズムへの道」『芸術方法としてのレアリズム』新日本文庫、一九七八年
小林秀雄・中村光夫・福田恆存「座談会・文学と人生」『小林秀雄対話集』講談社文芸文庫、二〇〇五年
佐伯彰一「『私小説論』再訪」『自伝の世紀』講談社文芸文庫、二〇〇一年
酒井健『シュルレアリスム』中公新書、二〇一一年
酒井健『バタイユ入門』ちくま新書、一九九六年
坂口安吾「教祖の文学」『堕落論・日本文化私観』岩波文庫、二〇〇八年
桜井哲夫『戦争の世紀——第一次大戦と精神の危機』平凡社新書、一九九九年
佐藤春夫『田園の憂鬱』新潮文庫、一九九三年
佐野学・鍋山貞親「共同被告同志に告ぐる書」『昭和批評体系1 昭和初年代』番町書房、一九六八年
島村抱月「自然主義と一般思想との関係」『島村抱月文芸評論集』岩波文庫、一九八七年
清水孝純編『鑑賞日本現代文学16 小林秀雄』角川書店、一九八一年
清水徹『ヴァレリー——知性と感性の相克』岩波新書、二〇一〇年
清水徹「小林秀雄におけるポール・ヴァレリーの受容について」『群像 日本の作家14 小林秀雄』小学館、一九九一年
スタイナー、ジョージ『青髭の城にて——文化の再定義への覚書』桂田重利訳、みすず書房、一九七三年
高見順『昭和文学盛衰史』講談社、一九六九年
高村光太郎「道程」『高村光太郎詩集』岩波文庫、二〇〇九年
高山岩男「世界史の哲学——世界史の理念」『京都哲学撰書・第二〇巻 高山岩男「超近代の哲学」』燈影舎、二〇〇二年
竹田篤司『物語「京都学派」——知識人たちの友情と葛藤』中公文庫、二〇一二年
田山花袋「露骨なる描写」『日本近代文学評論選 明治・大正篇』千葉俊二・坪内祐三編、岩波文庫、二〇〇四年
ツァラ、トリスタン『ムッシュー・アンチピリンの宣言——ダダ宣言集』塚原史訳、光文社古典文庫、二〇一〇年
塚原史『ダダ・シュルレアリスムの時代』ちくま学芸文庫、二〇〇三年
塚原史『20世紀思想を読み解く——人間はなぜ非人間的になれるのか』ちくま学芸文庫、二〇一一年
坪内逍遥『小説神髄』岩波文庫、二〇一〇年
中河与一「鼻歌による形式主義理論の発展」『現代日本文學論争史 上巻』未来社、一九五六年
中河与一「偶然文学論」『昭和批評体系1 昭和初年代』番町書房、一九六八年
中島健蔵『昭和時代』岩波新書、一九八六年
西谷啓治「『近代の超克』私論」『近代の超克』冨山房百科文庫、一九九九年

中野重治『村の家／おじさんの話／歌の別れ』講談社文芸文庫、一九九四年
中野重治『藝術に関する走り書き的覚え書』岩波文庫、二〇〇一年
中野重治「閏二月二九日」『中野重治評論集』平凡社ライブラリー、一九九六年
中村光夫『近代の文学と文学者』（上・下）、朝日選書、一九八〇年
中村光夫『日本の近代小説』岩波新書、一九九五年
中村光夫『日本の現代小説』岩波新書、一九八五年
中村光夫『明治文学史』筑摩書房、一九八五年
中村光夫『明治・大正・昭和』岩波書店、一九九六年
中村光夫「轉向作家論」『昭和批評体系1　昭和初年代』番町書房、一九六八年
夏目漱石『文学論』（上・下）、岩波文庫、二〇〇七年
ハイデガー、マルティン『存在と時間』（上・下）、細谷貞雄、ちくま学芸文庫、一九九四年
橋川文三『昭和維新試論』ちくま学芸文庫、二〇〇七年
橋川文三『橋川文三セレクション』岩波現代文庫、二〇一一年
橋川文三『近代日本政治思想の諸相』未来社、二〇〇四年
橋川文三『日本浪曼派批判序説』講談社文芸文庫、一九九八年
長谷川天渓「幻滅時代の芸術」『長谷川天渓文芸評論集』岩波文庫、一九八八年
長谷川天渓「現実暴露の悲哀」『長谷川天渓文芸評論集』岩波文庫、一九八八年
バタイユ、ジョルジュ『内的体験――無神学大全』出口裕之訳、平凡社ライブラリー、一九九八年
林房雄「勤皇の心」『近代の超克』冨山房百科文庫、一九九九年
平野謙『知識人の文学』講談社、一九六九年
平野謙『昭和文学の可能性』岩波新書、一九七二年
平野謙『昭和文学史』筑摩書房、一九七五年
廣松渉『〈近代の超克〉論――昭和思想史への一視角』講談社学術文庫、二〇〇一年
福井憲彦『近代ヨーロッパ史』ちくま学芸文庫、二〇一〇年
福田和也『二十世紀論』文春新書、二〇一三年
福田和也『地ひらく――石原莞爾と昭和の夢』（上・下）、文春文庫、二〇〇四年
福田和也『日本の近代』（上・下）、新潮新書、二〇〇九年
福田恆存「芥川龍之介論（序説）」『昭和批評大系2　昭和10年代』番町書房、一九六八年

福本和夫「『方向転換』はいかなる諸過程をとるか我々はいまそれのいかなる過程を過程しつつあるか——無産者結合に関するマルクス的原理」『近代日本思想体系35　昭和思想集Ⅰ』松田道雄編、筑摩書房、一九七四年
二葉亭四迷『浮雲』十川信介校注、岩波文庫、二〇〇六年
二葉亭四迷『平凡／私は懐疑派だ——小説・翻訳・評論集成』講談社文芸文庫、一九九七年
ブルトン、アンドレ『シュルレアリスム宣言・溶ける魚』巖谷國士訳、岩波文庫、一九九二年
ベルグソン、アンリ『時間と自由』中村文郎訳、岩波文庫、二〇〇一年
ベルグソン、アンリ『物質と記憶』岡部總夫訳、駿河台出版社、一九九八年
ベンヤミン、ヴァルター「長編小説の危機」『ベンヤミン・コレクション2』浅井健二郎他編訳、ちくま学芸文庫、二〇〇二年
ベンヤミン、ヴァルター「物語作者」『ベンヤミン・コレクション2』浅井健二郎他編訳、ちくま学芸文庫、二〇〇二年
ベンヤミン、ヴァルター「複製技術時代の芸術作品」『ベンヤミン・コレクション1』ちくま学芸文庫、一九九六年
ボードレール、シャルル「赤裸の心」『ボードレール批評4』阿部良雄訳、ちくま学芸文庫、一九九九年
ボードレール、シャルル「エドガー・ポーに関する新たな覚書」『ボードレール批評3』阿部良雄訳、ちくま学芸文庫、一九九九年
ボードレール、シャルル『ボードレール全詩集Ⅰ　悪の華　漂着物　新・悪の華』阿部良雄訳、ちくま文庫、一九九八年
前田英樹『ベルグソン哲学の遺言』岩波現代全書、二〇一三年
正宗白鳥『何処へ／入江のほとり』講談社文芸文庫、一九九八年
正宗白鳥『文壇五十年』中公文庫、二〇一三年
正宗白鳥「批評について」『現代日本文學論争史　上』平野謙・小田切秀雄・山本健吉編、未来社、一九六七年
正宗白鳥「青野氏・岸田氏・谷崎氏」『現代日本文學論争史　上』平野謙・小田切秀雄・山本健吉編、未来社、一九六七年
マルクス、カール『新編輯版　ドイツ・イデオロギー』廣松渉編訳、小林昌人補訳、岩波文庫、二〇〇二年
マルクス、カール『ユダヤ人問題によせて　ヘーゲル法哲学批判序説』城塚登訳、岩波文庫、一九九〇年
マルクス、カール『共産党宣言』大内兵衛・向坂逸郎訳、岩波文庫、一九九六年
マルクス、カール『経済学批判』武田隆夫・遠藤湘吉・大内力・加藤俊彦訳、岩波文庫、二〇一三年
丸山真男『日本の思想』岩波新書、一九九〇年
三木清「シェフトフ的不安について」『日本近代文学評論選　昭和篇』千葉俊二・坪内祐三編、岩波文庫、二〇〇四年
宮本顕治「「敗北」の文学——芥川龍之介氏の文学について」『「敗北」の文学』新日本文庫、一九七五年
武者小路実篤「『それから』に就て」『武者小路実篤全集　第一巻』小学館、一九八七年

武者小路実篤「桃色の室」『武者小路実篤全集　第二巻』小学館、一九八八年
保田與重郎「文明開化の論理の終焉について」『保田與重郎文庫7』新学社、一九九九年
保田與重郎「『日本浪曼派』広告」『昭和批評体系1　昭和初年代』番町書房、一九六八年
保田與重郎「戴冠詩人の御一人者」『保田與重郎文庫3』新学社、二〇〇〇年
ユイスマンス、ジョリス・カルル『さかしま』澁澤龍彦訳、河出文庫、二〇〇五年
横光利一「異變・文學と生命」『定本横光利一全集　第一四巻』河出書房新社、一九八二年
横光利一「解説に代へて（一）」『定本横光利一全集　第一三巻』河出書房新社、一九八二年
横光利一「新感覚派とコンミニズム文學」『昭和批評体系1　昭和初年代』番町書房、一九六八年
横光利一「街の底」『愛の挨拶／馬車／純粋小説論』講談社文芸文庫、一九九三年
横光利一「新感覚論」『愛の挨拶／馬車／純粋小説論』講談社文芸文庫、一九九三年
横光利一「頭ならびに腹」『愛の挨拶／馬車／純粋小説論』講談社文芸文庫、一九九三年
吉田熙生著・編『近代文学鑑賞講座　第一七巻　小林秀雄』角川書店、一九六六年
吉田熙生編『小林秀雄必携』學燈社、一九八九年
吉見俊哉『都市のドラマトゥルギー――東京・盛り場の社会史』河出文庫、二〇〇八年
吉本隆明『言語にとって美とは何か・I』角川ソフィア文庫、二〇〇一年
ランボー、アルチュール『地獄の季節』小林秀雄訳、岩波文庫、一九九三年
リラダン、ヴィリエ・ド「アクセル」『ヴィリエ・ド・リラダン全集　第三巻』斎藤磯雄訳、東京創元社、一九七九年
ルイ・フェルディナン・セリーヌ『夜の果の旅』（上・下）、生田耕作訳、中公文庫、二〇〇三年
ルートヴィヒ・ウィトゲンシュタイン『論理哲学論考』矢野茂樹訳、岩波文庫、二〇〇三年
山城むつみ「小林批評のクリティカル・ポイント」『文学のプログラム』講談社文芸文庫、二〇〇九年
渡辺京二『北一輝』ちくま学芸文庫、二〇〇七年
和田博文編『日本のアヴァンギャルド』世界思想社、二〇〇五年

その他・資料集

匿名「芥川龍之介二態―彼と小林秀雄」『論集・小林秀雄I』麥書房収録、一九六六年
『昭和文学全集　別巻―昭和文学史論・昭和文学史・昭和文学大年表』磯田光一他、小学館、一九九〇年

年表

年号	西暦	日本文学・思想	歴史事項	外国文学・思想
文永八	一八二五	新論（会澤正志斎）		
嘉永六	一八五三		ペリー黒船にて来航	一八五七　悪の華（ボードレール）
慶応二	一八六六	西洋事情（福澤諭吉）		一八六六　罪と罰（ドストエフスキー）
明治元	一八六八		五箇条の御誓文	一八六七　資本論（マルクス）
二	一八六九		東京奠都	
三	一八七〇	西国立志編（スマイルズ、中村正直訳）		
四	一八七一		廃藩置県、岩倉使節団派遣	一八七一　悪霊（ドストエフスキー）
五	一八七二	学問のすゝめ（諭吉）	太陰暦廃し太陽暦採用	
六	一八七三		徴兵制公布、征韓論争	一八七三　地獄の季節（ランボー）
七	一八七四		読売新聞創刊	
八	一八七五	文明論之概略（諭吉）		
一〇	一八七七		西南の役	
一一	一八七八		大久保利通暗殺	一八七八　人間的なあまりに人間的な（ニーチェ）
一二	一八七九	民権自由論（植木枝盛）		一八七九　カラマーゾフの兄弟（ドストエフスキー）、人形の家（イプセン）
一三	一八八〇		玄洋社設立、自由党結党	
一四	一八八一			
一五	一八八二	民約訳解（中江兆民）、新体詩抄（外山正一他）		
一六	一八八三	経国美談（矢野龍渓）	鹿鳴館開館	一八八三　女の一生（モーパッサン）
一七	一八八四		金玉均らの甲申事変	一八八四　さかしま（ユイスマンス）
一八	一八八五	当世書生気質、小説神髄（坪内逍遥）、脱亜論（諭吉）	第一次伊藤博文内閣発足	一八八五　ツァラトゥストラはかく語りき（ニーチェ）
一九	一八八六	小説総論（二葉亭四迷）		
二〇	一八八七	浮雲（四迷）、三酔人経綸問答（兆民）		
二二	一八八九	楚囚之詩（北村透谷）	大日本帝国憲法発布	

二三	一八九〇	舞姫（森鷗外）	第一回帝国議会	一八九〇　アクセル（リラダン）、ユートピア便り（モリス）
二四	一八九一	五重塔（幸田露伴）、蓬莱曲（透谷）	足尾鉱毒問題	
二六	一八九三	内部生命論、人生に相渉るとは何の謂ぞ（透谷）	『文学界』創刊	
二七	一八九四	新井白石（山路愛山）、日本風景論（志賀重昂）	日清戦争、ドレフュス事件	
二八	一八九五	たけくらべ、にごりえ（樋口一葉）、黒蜥蜴（広津柳浪）	三国干渉、『太陽』創刊	
二九	一八九六	多情多恨（尾崎紅葉）	民法公布	一八九六　ムッシュー・テストと劇場で（ヴァレリー）、物質と記憶（ベルグソン）
三〇	一八九七	若菜集（島崎藤村）、金色夜叉（紅葉）		
三一	一八九八	歌よみに与ふる書（正岡子規）、武蔵野（国木田独歩）	幸徳秋水社会主義研究会結成	
三二	一八九九	不如帰（徳冨蘆花）	義和団蜂起	
三三	一九〇〇	高野聖（泉鏡花）	夏目漱石渡英	
三四	一九〇一	美的生活を論ず（高山樗牛）、みだれ髪（与謝野晶子）	黒龍会発足	
三五	一九〇二	重右衛門の最後（田山花袋）、少年の悲哀（独歩）	日英同盟協約締結	一九〇二　なにをなすべきか？（レーニン）
三六	一九〇三	東洋の理想（岡倉天心）、社会主義真髄（幸徳秋水）	幸徳秋水ら平民社を設立	
三七	一九〇四	共産党宣言（秋水・堺訳）、露骨なる描写（田山花袋）	日露戦争	
三八	一九〇五	吾輩は猫である（漱石）、海潮音（上田敏）	日比谷焼打事件	
三九	一九〇六	破戒（藤村）、国体論及び純正社会主義（北一輝）		
四〇	一九〇七	文学論（漱石）、蒲団（花袋）平凡（四迷）		
四一	一九〇八	現実暴露の悲哀（長谷川天渓）、何処へ（白鳥）	赤旗事件、パンの会結成	
四二	一九〇九	それから（漱石）、煤煙（森田草平）	伊藤博文暗殺	一九〇九　狭き門（ジッド）

年号	西暦	日本文学・思想	歴史事項	外国文学・思想
四三	一九一〇	時代閉塞の現状、一握の砂（石川啄木）、刺青（潤一郎）	大逆事件、『白樺』創刊	一九一〇　マルテの手記（リルケ）
四四	一九一一	現代日本の開化（漱石）、善の研究（西田幾多郎）	辛亥革命	
大正元	一九一二	悲しき玩具（啄木）、興津弥五右衛門の遺書（鷗外）	乃木希典殉死	
二	一九一三	生の拡充（大杉栄）、大菩薩峠（中里介山）		
三	一九一四	こゝろ（漱石）、道程（高村光太郎）	第一次世界大戦起る	一九一四　審判（カフカ）
四	一九一五	羅生門（芥川龍之介）、あらくれ（麒田秋聲）	二一カ条の日華条約調印	
五	一九一六	出家とその弟子（倉田百三）、明暗（漱石）、鼻（龍之介）		一九一六　ダダ宣言（ツァラ）
六	一九一七	父帰る（菊池寛）、和解（直哉）、月に吠える（萩原朔太郎）	ロシア革命	
七	一九一八	子をつれて（葛西善蔵）	「新しき村」建設（武者小路）	
八	一九一九	或る女（有島武郎）、田園の憂鬱（佐藤春夫）、友情（武者小路実篤）	猶存社結成、労働争議多発	一九一九　政治的ロマン主義（シュミット）、精神の危機（ヴァレリー）、伝統と個人の才能（エリオット）
九	一九二〇	資本論（高畠素之訳・～'23・5）	国際連盟発足、『新青年』創刊	
一〇	一九二一	暗夜行路・前編（直哉）	尺貫法改めメートル法採用	一九二一　暴力批判論（ベンヤミン）、論理哲学論考（ウィトゲンシュタイン）
一一	一九二二	宣言一つ（有島武郎）、黒髪（近松秋江）	日本共産党結成	一九二二　政治神学（シュミット）
一二	一九二三	ダダイスト新吉の詩（高橋新吉）	「マヴォ」結成、関東大震災	
一三	一九二四	頭ならびに腹（横光利一）、春と修羅（宮沢賢治）	『文芸戦線』『文芸時代』創刊	一九二四　シュルレアリスム宣言（ブルトン）
一四	一九二五	月下の一群（堀口大學）、数理哲学研究（田辺元）	治安維持法・普通選挙法公布	
昭和元	一九二六	自然生長と目的意識（青野季吉）	円本時代始まる	
二	一九二七	歯車、或阿呆の一生、西方の人（芥川龍之介）	二七年テーゼ、芥川自殺	一九二七　存在と時間（ハイデガー）

三	一九二八	プロレタリア・レアリズムへの道（蔵原惟人）	第一回普通選挙、ナップ結成	一九二八　ドイツ悲劇の起源（ベンヤミン）
四	一九二九	様々なる意匠（小林秀雄）、「敗北」の文学（宮本顕治）、蟹工船（小林多喜二）、機械（利一）	昭和恐慌（世界恐慌）始まる	一九二九　アウグスティヌスの愛の概念（アーレント）、チャタレイ夫人の恋人（ロレンス）、大衆の反逆（オルテガ）
五	一九三〇		浜口首相暗殺	一九三〇　長編小説の危機（ベンヤミン）、スピノザの宗教批判論（シュトラウス）
六	一九三一	ユリシイズ・上（ジョイス、伊藤整他訳）	満州事変、三一年テーゼ	一九三一　アクセルの城（ウィルソン）
七	一九三二	芥川龍之介と志賀直哉（井上良雄）、Xへの手紙（秀雄）	血盟団事件、五・一五事件	一九三二　政治的なものの概念（シュミット）、夜の果てへの旅（セリーヌ）
八	一九三三	故郷を失った文学（秀雄）	ナチス政権、小林多喜二虐殺、佐野学・鍋山貞親転向声明	
九	一九三四	悲劇の哲学（シェフトフ、河上・阿部訳）		
一〇	一九三五	純粋小説論（利一）、「村の家」（中野重治）風土（和辻哲郎）	『日本浪曼派』創刊	
一一	一九三六	日本の橋（保田與重郎）、晩年（太宰治）	二・二六事件	
一二	一九三七	戦争について（秀雄）、倫理学（和辻）	日華事変	
一三	一九三八	麦と兵隊（火野葦平）、日本への回帰（朔太郎）	国家総動員法公布	一九三八　嘔吐（サルトル）
一四	一九三九	構想力の論理（三木清）、後鳥羽院（與重郎）	第二次世界大戦起る	
一五	一九四〇	根源的主体性の哲学（西谷啓治）、錯乱の論理（清輝）	大政翼賛会結成	
一六	一九四一	近代の終焉（與重郎）、花ざかりの森（三島由紀夫）	大東亜戦争／太平洋戦争	一九四一　内的体験（バタイユ）
一七	一九四二	「近代の超克」座談会、「世界史的立場と哲学」座談会		

おわりに

「戦後」が歴史になりつつある。

戦後が対象化され反省の材料となり、「あの時代はなんだったのか」が問われている。七十年近くものあいだひきずりつづけてきた時代区分を、今、日本人は客観的に見直す時代に入っている。

だが、編集会議を積み重ねるなかで、私たちは次のように考えた。

戦後＝ゆたかさを第一の指標にした時代は、たしかに終わりつつある。では何か「新しい危機」や「文明の大転換」が始まるのか？　何か途方もない危機が、あるいは輝かしい未来が来るとでもいうのか？――それはすべて虚言だ、と。

戦後の終焉とは、要するに明治以来のこの国の基本的条件に戻っただけだ、というのが本書の立場である。ゆたかさのなかで、すっかり忘却していた条件、明治以来わが国に課された条件を、ふたたび直視する時代が来たということだ。戦後七十年の夢から醒めた、というだけにすぎない。

では、「条件」とは何だろうか。それはこの国が、西洋ではない／東洋でもない立場、「宙づり」に身を置きつづけるという条件である。戦前＝西洋文明、戦後＝アメリカという「普遍的価値」に襲われたわが国は、その条件を飲みくだしつつ、しかも自己主張をしなければならなかった。この条件こそ、日本の「近代化」に他ならない。

開国以前の自分自身に閉じこもることは許されず、しかも「普遍的価値」をそのまま信じ切ることもできない――このジレンマ、亀裂のうえに足を置くような状態を、私たちは日本の近代だと、この国の条件だと言っているのだ。

だから政治・経済・思想・文学などあらゆる分野で「戦後の終焉」が叫ばれている現在に、新しいことなど何もない。新しく見える危機は、明治以来の日本人の生存の基本条件だったのである。

だから私たちは「今」を知るために、あえて戦前に足場を定めた。

難解な漢文を駆使する中江兆民の言葉に聞き耳をたて、啄木に予言書を読むときのような興奮を感じ、小林秀雄に自分自身を丸裸にされたような戦慄を覚えた。

当然だと思った光景が突如崩れる。すべてが嘘かもしれない、と立ちすくむ。大人とは、虚構のうえに胡坐をかいてなんの不安も感じない連中、自己主張の塊にすぎないと気がつく。社会への激しい怒りと嘔吐感、何ひとつ確実な価値観などありっこないのだ――これだけが「真実」であるように思える。

だが、ここまでなら誰でも考えつくのだ。

小林秀雄は、多感な若者なら誰もが襲われるこの気分に、絡め取られなかった。世間を風刺することも、引退することも、罵倒する道も選ばなかった。また何か圧倒的な世界観、価値観で世界を染めあげ、睥睨《へいげい》した気分になることもなかった。要するに、小林秀雄は若者でありながら青春を奪われていたのであって、若者が陥りがちないっさいの行為を拒否したのだ。

こうして、小林は批評家になった。自己をつねに懐疑的に、信じすぎないように生きると決めたのである。その苦闘の道行きは、浜崎氏の筆によって詳細に描かれていたことだろう。読者はその道案内に従えば、それでよいのである。いささか難解な文体となった筆者担当の第Ⅰ部について言えば、筆者は今回の問題意識を、より平易な言葉で、近いうちに現代社会論として描きなおしたいと考えている。そのための基礎作業が今回の作品となった。

ただあまりにも現実に密着した言葉が氾濫する時代に、「あえて」時代から身を引き離したいという躊躇が、私たちをこの書の完成へと導いたのである。

先崎彰容

八月の酷暑のなかで

事項索引

た 行

な 行

人名索引

先崎　彰容（せんざき・あきなか）

1975年生まれ。東京大学文学部倫理学科卒業。東北大学大学院文学研究科日本思想史博士課程単位取得終了、博士（文学）。その間、文部科学省政府給費（日仏共同博士課程）留学生として、フランス国社会科学高等研究院（EHESS）に留学（専攻：国際日本学）。現在、東日本国際大学東洋思想研究所准教授。著書に『ナショナリズムの復権』（ちくま新書、2013年）、『高山樗牛――美とナショナリズム』（論創社、2010年）、『個人主義から〈自分らしさ〉へ――福沢諭吉・高山樗牛・和辻哲郎の「近代」体験』（東北大学出版会、2010年）など。

浜崎　洋介（はまさき・ようすけ）

1978年生まれ。日本大学芸術学部卒業。東京工業大学大学院社会理工学研究科価値システム専攻博士課程修了、博士（学術）。現在、文芸批評家、日本大学芸術学部非常勤講師。著書に『福田恆存　思想の〈かたち〉――イロニー・演戯・言葉』（新曜社、2011年）、共著に『現在知 vol.1 ――郊外　その危機と再生』（NHKブックス、2013年）、編著に福田恆存アンソロジー『保守とは何か』（文春学藝ライブラリー、2013年）など。

叢書　新文明学2

アフター・モダニティ――近代日本の思想と批評

2014年10月6日　初版第1刷発行

著　者　先崎　彰容
　　　　浜崎　洋介
発行者　木村　哲也

定価はカバーに表示　　印刷　シナノ印刷／製本　川島製本

発行所　株式会社　北樹出版

〒153-0061 東京都目黒区中目黒1-2-6
電話（03）3715-1525（代表）FAX（03）5720-1488

ISBN978-4-7793-0431-6（落丁・乱丁の場合はお取り替えいたします）